IRINA DROZD

PROGRAMME ASSASSIN

Illustrations de Hervé Guitton

ALBIN POCHE

LE GRAIN DE SABLE

Le vieil homme battit des paupières.

A présent il dormait bien, mais avait toujours le sommeil léger des malades.

L'infirmier avait à peine entrebaillé la porte, mais cela avait suffi pour éveiller le vieil homme.

L'infirmier entra et alluma la veilleuse.

Le vieil homme ne le connaissait pas. Il était chauve, moustachu et avait une carrure impressionnante.

La nuit, dans ce service, les infirmiers changeaient assez souvent.

Le vieillard adressa un pâle sourire à l'entrant.

— Bonsoir. Murmura-t-il.

Même au plus mal, il avait toujours été aimable avec le personnel, et tous l'aimaient bien dans ce service de cardiologie.

— Bonsoir. Vous ne dormez pas ? Demanda doucement l'infirmier. Je vous ai réveillé ?

Le vieil homme secoua doucement sa tête ornée de cheveux blancs.

— Ce n'est pas grave. Je me rendormirai vite. Répondit-il d'une voix faible.

Il regarda un peu plus attentivement l'infirmier, et remarqua que celui-ci tenait un plateau avec une seringue, dans la main droite.

— Je vais avoir une injection ?

— Le docteur ne vous l'avait pas dit ?

— Non.

— Ah… Il a oublié. C'est un très léger régulateur cardiaque.

C'était faux.

Mais le vieil homme ne pouvait pas le savoir.

Il ne se doutait pas que le produit que l'infirmier allait lui injecter allait le tuer.

Et il imaginait encore moins que l'homme qui venait de pénétrer dans sa chambre n'était pas un vrai infirmier, mais un tueur.

Alors, ignorant tout cela, le vieil homme tendit le bras d'un geste fatigué, et se laissa faire.

Le pseudo-infirmier fit l'intra-veineuse.

Calmement.

Comme s'il n'avait fait que cela toute sa vie durant.

Il retira l'aiguille.

— Merci. Murmura le vieil homme.

— Voilà. Vous allez dormir maintenant. Bonne nuit, dit l'infirmier d'une voix qui sonna rassurante aux oreilles du vieillard.

Le vieil homme sourit avec bienveillance à l'infirmier qui sortait de la chambre sur un dernier petit signe d'au-revoir.

Puis il s'endormit.

L'INFIRMIER AVAIT À PEINE ENTREBAILLÉ LA PORTE, MAIS CELA AVAIT SUFFI POUR ÉVEILLER LE VIEIL HOMME.

Très vite.
Pour ne plus se réveiller.

⁂

Georges Valmont poussa un petit soupir en sortant de la chambre du vieil homme.

Tout avait marché à la perfection, ainsi que l'avait prévu Maxime.

Bien sûr, il avait fallu s'entrainer toute la soirée à faire des injections intra-veineuses.

En fait, ç'aurait dû être le tour de Maxime d'exécuter ce contrat.

Hélas, une douzaine d'huitres extrêmement mal digérées l'avaient forcé à déclarer forfait.

Alors, Georges avait dû le remplacer.

Il ne s'était pas du tout senti à l'aise.

Parce qu'il n'aimait pas du tout les hopitaux. Les murs blancs avaient le don de le déprimer, et les odeurs d'antiseptique l'écoeuraient.

Mais surtout, ce qui l'ennuyait le plus, c'était le numéro du contrat ; c'était le treizième.

Et Georges Valmont était superstitieux.

Ce qui le gênait parfois dans l'exercice de sa profession.

Il avait failli refuser d'exécuter ce contrat, mais Maxime s'était mis en colère, et Georges n'avait osé se rebeller.

Alors, il y était allé, bien à contre-coeur, mais enfin il l'avait fait.

Et à présent que tout était terminé, il se sentait soulagé.

Bien sûr, il devait encore rester là toute la nuit.

Aider l'autre infirmier, et surtout, le laisser découvrir le cadavre.

Tout avait été parfaitement combiné.

Le vieillard ne nécessitait plus aucune surveillance particulière, et il n'y avait nul besoin d'aller dans sa chambre.

Du moins, jusqu'à la dernière ronde de six heures du matin, celle où on vérifiait que tous les malades dormaient bien, même ceux qui souffraient et ne parvenaient à trouver le sommeil qu'à l'aurore.

Le vieillard était presque guéri, mais son coeur était néanmoins fragile, usé.

Sa mort ne surprendrait même pas.

Et personne ne songerait à compter les marques de piqûres à son bras.

Le vieil homme avait déjà eu beaucoup d'injections.

La dernière passerait inaperçue.

Le soupir de soulagement poussé par Georges en sortant de la chambre se doubla d'un soupir de satisfaction.

Comme d'habitude, rien n'avait été laissé au hasard.

Au début de leur association, il avait eu quelques doutes quant aux moyens employés par l'Autre, le patron.

Lui, il s'était toujours contenté des moyens simples et honnêtes.

Une balle entre les deux yeux, un coup de couteau dans le dos, une bonne strangulation, ça vous achevait proprement un homme.

Mais Maxime avait toujours eu un petit penchant pour les moyens sophistiqués, alors, quand l'Autre avait proposé cette méthode, il avait tout de suite saisi l'occasion.

Et finalement, Georges devait avouer que cela ne se passait pas mal du tout, et même plutôt bien.

Alors, le tandem qu'il formait avec Maxime s'était transformé en trio, malgré l'antipathie que Georges éprouvait pour l'Autre, sans même l'avoir jamais vu, ni connaître son nom.

Pour le grand bien de leur compte en banque… enfin, plus exactement pour la prospérité de leur compte en Suisse. Alors, en vertu des résultats, Georges ne disait pas trop sa haine des moyens sophistiqués.

Il valait mieux se montrer discret.

Surtout que de temps à autre, Lucienne, l'amie de Maxime, donnait un coup de main.

Georges n'aimait pas mêler les femmes aux affaires.

Il se méfiait encore plus des femmes que d'un vendredi treize ou d'un chat noir.

D'ailleurs, si Maxime était malade, c'était à cause de Lucienne qui avait eu cette stupide envie d'huîtres.

Georges Valmont marmonna entre ses dents quelques insultes à l'adresse de Lucienne, et se calma en voyant le regard étonné que lui lançait l'infirmier qui sortait justement d'une chambre.

— Tu peux m'aider à changer monsieur Darel ?

Georges se troubla.

Il avait presque oublié qu'il passait pour infirmier.

— Euh... Changer... Oui, oui, bien sûr.

A nouveau il maudit Lucienne et les huîtres.

Il avait hâte d'être au matin.

Finalement, il n'était pas encore tout à fait tranquillisé.

Il savait pertinement qu'il le serait seulement une fois hors de l'hôpital.

La fin de la nuit lui pesait.

Cela l'aurait nettement moins perturbé de rester dans le service, si ç'avait été le douzième ou le quatorzième contrat.

Mais pas le treizième.

Georges Valmont suivit l'infirmier d'un air maussade.

*
**

En fait, Georges Valmont n'avait pas vraiment tort d'être ainsi inquiet.

Il arrive parfois que la mécanique la mieux huilée soit victime d'un grain de sable et ne marche plus.

C'est ce qui arriva au treizième contrat.

Il y eut un grain de sable.

Tout petit, presque imperceptible, et pourtant il affola Georges.

Ce grain de sable avait pour nom, Edmée Villequier.

UNE SÉDUISANTE PROPOSITION

— Dis-donc, le mioche, ça te brancherait de faire une enquête sur la Micro pour mon émission ?

Je l'ai d'abord toisé d'un air supérieur.

Bon.

François est mon aîné de huit ans, il a commencé des études de Philo dans le vague espoir de les terminer un jour et il me traite tout le temps de gamin.

C'est mon frère.

Il consent à me traiter en être humain et pas comme un bébé uniquement quand il a un service à me demander.

Par exemple, quand il ne sait pas comment plaquer une copine. Il a horreur des scènes, et il déteste faire de la peine, alors il me confie en général le sale boulot, et c'est à moi d'expliquer en douceur que mon grand dadais de frère n'est plus amoureux.

En tout cas, s'il y a une chose que je saurai faire à la perfection grâce à François, c'est rompre avec délicatesse et élégance.

Je pourrai toujours ouvrir un cabinet d'Expert en Rupture si je ne sais quel métier choisir plus tard.

Je vois ça d'ici : Grâce à Rémi Gauthier, séparez-vous dans la joie !

En règle générale, donc, lorsque mon frère commence une phrase par « Dis-donc, le mioche », ça annonce plutôt une corvée du genre rupture, ou encore lavage de voiture.

D'ailleurs je me demande pourquoi il s'obstine à laver sa Deux-Chevaux. C'est à dire, plus précisement, à me la faire laver parce que môssieur se contente souvent d'astiquer les poignées.

Il doit avoir peur qu'on prenne sa voiture pour une épave et qu'on l'enlève ! C'est vrai que Seccotine a bientôt quinze ans.

Et ça se voit !

Donc, lorsque François est entré dans ma chambre, je l'ai considéré d'un air circonspect et méfiant.

Et j'ai gardé un air supérieur pendant qu'il me parlait.

Ce qui était plutôt un tour de force, parce que j'étais assis et que François mesure un mètre quatre vingt-six.

En règle générale, ça me tue d'avoir toujours à lever le nez pour lui parler.

En tout cas, je dois avouer, que loin d'être une corvée, sa proposition me flattait et me plaisait beaucoup.

La Radio-libre, c'est son rayon, et la Micro-informatique c'est le mien... et parfois, les intérêts convergent.

François est un dingue de radio.

Il y a quatre ans, il avait à peine seize ans qu'il parasitait déjà tout le quartier en créant une radio pirate avec une bande de copains. Depuis, leur technique et la qualité de leurs émissions se sont grandement améliorées et il sévit toujours avec les mêmes copains sur un plus grand périmètre.

François joue les « D.J intellos ».

Il déteste que je l'appelle ainsi.

En fait son ambition est d'être un animateur touche à tout, et il refuse de spécialiser son émission.

Ce qui lui réussit plutôt bien.

Il passe allègrement de la philatélie au patinage artistique avec un égal bonheur, et utilise largement les compétences familiales quand il en a besoin.

Je me suis permis le luxe de ranger posément le livre que j'étais en train de lire.

Ce qui était du pur cinéma, vu le foutoir qui règne sur les étagères de ma bibliothèque.

— Alors, Rémi ? Oui ou merde ? S'est-il impatienté.

Et j'ai dit oui.

D'un ton excessivement dégagé, comme si c'était normal.

Comme s'il s'agissait d'une simple besogne quotidienne, et non une des propositions les plus séduisantes qu'il m'ait jamais faite.

Il ne s'est d'ailleurs pas laissé prendre par mon jeu.

Il m'en parlait depuis des semaines de sa

fameuse série d'émissions sur la Micro-informatique, et j'en bavais comme un malade.

Alors, je n'allais pas dire non !

François m'a gratifié du sourire charmeur qu'il réserve aux vieilles dames et aux sponsors.

Tope-là, le mioche ! On va discuter !

Tout de même, j'aimerais que de temps à autre il accorde quelque respect à mes bientôt douze ans.

Je ne suis plus un bébé !

Comme je devine qu'il va sacrément avoir besoin de mes compétences en Micro-informatique — je fais partie d'un Club, et François est incapable de faire la différence entre un circuit intégré et une boule de pétanque — j'en profite pour me valoriser un peu.

— Je te rappelle que j'ai un prénom !

Le sourire de François devient mielleux.

— Mais bien sûr mon biquet... C'est Agatha, c'est ça ?

Je pousse un rugissement.

C'est la grande plaisanterie familiale.

Le toubib qui veillait sur la santé de Maman, et la mienne — avant ma naissance — avait annoncé une fille.

Les parents, fervents lecteurs d'Agatha Christie, avaient décidé de donner le prénom de ce prolifique auteur de romans policiers à leur fille.

Je me suis appelé Rémi uniquement parce que

« Sans Famille » passait à la télévision quand je suis né.

Et comme cette charmante histoire repasse au moins une fois par an en feuilleton ou en film, régulièrement les petits malins de la classe me demandent des nouvelles de Joli-Coeur.

La première fois, j'ai trouvé la plaisanterie assez drôle, mais au fil des années... Je m'en suis franchement lassé.

— Ne te plains pas ! T'aurais pu t'appeler Hercule ! Me console perfidement François quand je râle contre les plaisantins de la classe.

Hercule étant le prénom du héros de la plupart des romans d'Agatha Christie.

Des fois, François, je le déteste !

Alors là, je dois avouer qu'être reporter pour une Radio-libre, c'est franchement sympathique !

Déjà, avoir un frère fondateur d'une Radio-libre, ça vous pose auprès des copains. Mais être vous-même un des talentueux journalistes de cette même radio, c'est le succès assuré.

J'avoue que je ne me suis pas vraiment comporté en petit garçon discret et modeste.

Mais à quoi ça servirait de faire des trucs intéressants si personne n'est prévenu ?

Outre la nouvelle considération acquise auprès des copains — et des copines, et surtout

Nicole une délicieuse blondinette aux yeux bleus —, la participation à l'émission de François m'a permis de devenir un spécialiste de l'univers de la Micro à Paris. Bon, d'accord, il doit bien y avoir une foule de gens bien plus calés que moi dans ce domaine. Mais eux, ne sont pas journalistes à Radio-Marmotte. Et moi, j'ai visité une quantité astronomique de clubs de Micro-informatique, des boites qui vendaient des micro-ordinateurs, des programmes ou des jeux. J'ai interviewé des centaines de commerçants, d'informaticiens, d'amateurs éclairés et des maniaques du clavier plus accrochés à leur ordinateur qu'un patin à ses roulettes.

Bref, je connaissais presque tout de la Micro-informatique à Paris.

Presque tout.

Une seule boutique m'avait échappé.

Pas un de ces grands magasins modernes où l'on voit s'aligner les Apple, les Commodore, les Goupil et autres.

Non.

Juste une petite boutique à la devanture modeste, à la vitrine triste, à l'entrée rébarbative.

J'avais l'impression d'être devant une agence immobilière miteuse, et pas du tout dans un endroit où l'on créait des programmes informatiques.

Mais un des mes « interviewés » m'avait indiqué cette boutique.

Un brave homme furieux contre le vendeur qui n'avait pas daigné prendre en considération ses désidérata, et l'avait proprement éconduit.

Ce qui était pour le moins curieux.

Des commerçants qui m'avaient envoyé paître parce que je les embêtais avec mes questions, j'en avais rencontré quelques uns. Cependant, leur mauvaise volonté ne s'était jamais étendue à leurs clients.

Du coup, j'avais décidé d'aller voir un peu la tête de ce vendeur si mal luné.

J'avoue que je m'étais senti l'âme d'un vaillant défenseur du consommateur opprimé, doublé d'un intrépide reporter déterminé à percer le mystère de la mauvaise humeur du commerçant.

Tintin sans Milou.

Le héros, quoi...

Jusqu'à ce que j'arrive devant la petite boutique.

Avant d'entrer, j'ai lu le nom, peint en blanc sur la porte : Robert Sicaire.

Ils auraient pu mettre un nom anglais, ça aurait modernisé l'allure du magasin... Quoique ! Plus qu'un nom anglicisé, ce qu'il aurait fallu à cette boutique, c'était un bon coup de peinture.

Mais bon, j'en étais pas le propriétaire.

J'ai poussé la porte et je suis entré.

*
**

Edmée Villequier n'aimait que le chocolat noir.

Cette préférence la sauva.

Pourtant, tout avait été méticuleusement préparé.

Lucienne, devenue malade cardiaque pour la bonne cause, était entrée dans le service de cardiologie pour un « check up ».

Subir une batterie d'examens médicaux ne l'enchantait guère.

Elle n'aimait pas plus les hôpitaux que Georges.

Et puis, elle savait pertinemment que son coeur était en parfait état.

Certes, elle avait à la perfection joué la malade imaginaire, parvenant à inquiéter un jeune généraliste consciencieux et zélé qui lui avait conseillé du repos et une série d'examens dans un service spécialisé. Lucienne avait habilement glissé dans la conversation le nom du service où travaillait Edmée Villequier. Un de ses amis lui en avait dit grand bien avait-elle sussuré. Le jeune médecin avait surenchéri, et Lucienne, munie d'une lettre pour l'interne, était entrée en cardiologie.

Elle avait poussé la conscience professionnelle jusqu'à passer une nuit blanche pour avoir quelques cernes sous les yeux, et ne pas arborer cet air d'impudente santé qui la caractérisait d'habitude.

Hélas pour leur plan, la conscience professionnelle de Lucienne était limitée par sa gourmandise.

Ils avaient déterminé qu'Edmée Villequier aimait le chocolat.

Lucienne, devant se montrer une malade obéissante, docile et tout à fait gentille, devait

offrir des bonbons en choc
fille.

Un bonbon devait suffire.

Edmée Villequier n'avait p
ne voulant pas heurter la
patiente.

Cependant, comme elle n'aimait p
liné, elle avait offert le bonbon à Odile, l'infirmière qui travaillait avec elle ce soir là.

Lucienne avait failli s'étouffer en voyant Edmée Villequier fraîche et dispose dans le service le lendemain, alors qu'elle aurait dû se trouver à la morgue.

Ou au moins dans le coma, dans le pire des cas dans une salle de réanimation quelconque.

Lucienne sortit de l'hôpital le jour même.

Il n'était pas question de recommencer.

Quand une tentative échouait, il valait mieux changer de plan.

Georges Valmont en voulut beaucoup à Lucienne.

Si les bonbons avaient été en chocolat praliné, c'était parce qu'elle avait voulu en déguster quelques uns.

Au contraire d'Edmée Villequier, Lucienne n'aimait pas le chocolat noir.

Maxime, prudent, voulait arrêter les frais, arguant qu'il était inutile de s'obstiner, et qu'ils n'y gagneraient que des ennuis.

Mais Georges invoquait le treizième contrat, et évoquait la menace qu'Edmée Villequier représentait.

Alors Maxime avait cédé, parce que lorsque

…vait une idée, il ne l'abandonnait pas …ent.

…ait certes d'un naturel facile et au fond, …ssant, mais dès que la superstition entrait …n jeu, il devenait têtu et borné. Il s'était mis dans la tête qu'Edmée Villequier menaçait leur organisation, et pour le tranquilliser, il n'y avait qu'un moyen. Supprimer la menace.

Alors, Maxime avait appelé l'Autre, celui qui à présent organisait tout, et lui avait fait part de l'échec malencontreux de Lucienne. L'Autre avait promis d'y remédier trés vite.

En principe, Edmée Villequier n'avait plus longtemps à vivre.

Elle ignorait que son destin était inscrit sur une disquette.

Sans le savoir, en entrant dans cette boutique qui l'intriguait, Rémi Gauthier allait croiser ce destin.

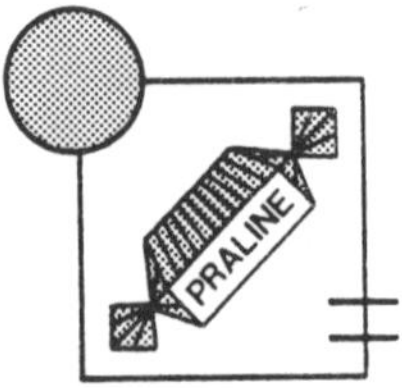

L'OCCASION FAIT LE LARRON

Dès mon entrée, un type m'a accueilli.

Enfin, accueilli, façon de parler !

J'avais cru que la vitrine était franchement sale, en fait elle l'était mais aussi en verre fumé, ce qui donnait une impression, justifiée d'ailleurs, de franche obscurité.

A mon arrivée, le mec était assis à un bureau et tripotait je ne sais quoi derrière une espèce de caisse enregistreuse qui devait dater du Moyen Age.

La porte d'entrée a fait entendre une sorte de carillon aigrelet et le type qui avait la tête baissée, j'avais une vue superbe sur son crâne chauve — regrettant qu'il n'y ait pas de lumière pour le faire briller — l'a relevée.

Il m'a considéré d'un oeil surpris, a paru réfléchir un instant, a fini par s'extirper du fauteuil dans lequel il avait enfoncé ses cent kilos, et s'est approché de moi.

Pour un peu, il m'aurait fait peur. Adipeux et chauve comme il était, c'était exactement le genre de personne à qui l'on propose de poser pour des publicités. Les photos « Avant »... d'avoir maigri, essayé le pousse-cheveux Plop ou l'anti-rhumatismes Duschmol... Gentil comme un cimetière une nuit de pleine lune, et à peu près aussi chaleureux qu'une glace à la menthe.

— On vend pas de bonbons, ici. La boulangerie, c'est à côté.

Ça, c'était un début de conversation engageant !

J'ai quand même réussi à ne pas m'enfuir tout de suite et je l'ai gratifié de mon sourire spécial Robert Redford, le genre angélique avec juste ce qu'il faut de gaminerie pour mater un pion rébarbatif... ou un commerçant irascible.

En tout cas, mon sourire ne l'a pas ému le moins du monde. Il ne m'a quand même pas pris par le collet et ne m'a pas fichu à la porte comme je l'ai craint un instant.

Il s'est contenté de me regarder fixement.

— Euh... je... enfin, je suis reporter d'une Radio-libre, et on fait une émission sur la Micro-informatique, alors euh... comme on m'a donné votre adresse...

Je sentais que je m'empêtrais un peu dans mes explications.

Ce qui n'a pas empêché le mec de devenir un peu vert.

Je ne pensais pas produire un tel effet en racontant ma petite histoire.

Il avait des yeux assez petits, déjà, et il les a tellement plissés qu'on aurait dit deux fentes, sous d'énormes sourcils.

Il m'a longuement considéré à travers ses deux fentes, un peu perdues dans la masse molle des joues et du front un peu trop bas, puis il a poussé un soupir.

— Je vais voir le patron.

Ces quelques mots semblaient lui avoir demandé un prodigieux effort car il transpirait à grosses gouttes.

Sur ce, il m'a planté là et il est parti quérir son supérieur hiérarchique, disparaissant par une porte que je n'avais pas remarquée, derrière son bureau.

Je suis resté seul quelques secondes, le temps de me sentir encore plus mal à l'aise dans cette sombre petite pièce. Je n'avais pas envie de m'asseoir dans l'un des fauteuil qui faisaient face au bureau. Pas envie de m'installer.

Faut dire que cette boutique était située dans une petite rue du seizième arrondissement, pas loin de Trocadéro, et moi, je craque dès que je suis à plus de cinq cents mètres du Quartier Latin.

Le patron du chauve ne m'a pas laissé le temps de m'abîmer trop longtemps dans mes considérations d'un chauvinisme de quartier exacerbé.

Un grand type mince, brun, genre homme d'affaires décontracté, qui s'est montré tout à fait mielleux et coopérant.

— Qu'y-a-t-il à votre service, jeune homme ?

J'ai répété mon petit laïus, en donnant un

peu plus de précisions sur ce que je voulais savoir.

Il a pris un air rêveur.

— Ici, voyez-vous, nous ne vendons que des programmes, nous faisons des séries de menus... euh... un monsieur lassé de la cuisine monotone de sa femme veut-il des idées de menus gais et délicieux ? Il vient nous voir, et nous lui programmons deux repas par jour, variés, et avec les recettes, pour toute une année. Et il m'a débité, comme s'il lisait un prospectus d'une voix onctueuse, toute une série d'exemples du même style.

J'en étais pour mes frais.

Mon quidam avait dû venir ici un jour où le vendeur venait de recevoir une lettre de son percepteur qui lui réclamait un arriéré de dix ans d'impôts impayés.

Ou bien une armée de termites venait de dévaster sa maison de campagne.

Bref, il n'y avait rien de mystérieux.

Mon moral de reporter intrépide et courageux frôlait le trente-sixième dessous.

J'allais me retirer, mortifié et confus, quand le vendeur dégarni a fait irruption en braillant comme un malade.

Quand son patron a commencé à me réciter sa page de publicité, le chauve s'est discrètement retiré dans l'arrière-boutique, et je crois bien que j'avais complètement oublié son existence.

Ses glapissements m'ont aussi surpris que son patron.

ET SOUDAIN, JE L'AI APERÇUE.

— Maxime ! J'ai perdu la disquette ! A-t-il hurlé.

Ce fut au tour de son supérieur hiérarchique de verdir comme une grenouille.

J'ai compris d'après les bafouillements du vendeur qu'il tenait la disquette à la main à mon arrivée, et puis ploff ! Plus rien dans les pognes !

Il m'a regardé d'un sale oeil, comme si j'étais responsable de sa distraction.

Puis ils se sont mis tous les deux à chercher l'objet perdu après m'avoir fait comprendre que si je partais, je les arrangerais vraiment beaucoup.

Je n'aime pas qu'on me congédie.

Seulement, comme j'ai de l'éducation, j'ai tout de même esquissé un pas vers la sortie.

Ça leur a visiblement fait plaisir.

Et soudain, je l'ai aperçue.

Ces deux mecs auraient été plus sympas, sûr que j'aurais agi autrement. Mais voilà, ils me déplaisaient franchement.

Et puis, j'ai un défaut, je suis curieux.

Vachement.

Et puis, j'avoue que le patron du chauve adipeux ne m'avait pas réellement convaincu quant à la teneur innocente de ses programmes.

Je dois avoir le virus du détective.

Faut dire, que leur émoi à l'annonce de la disparition de la disquette me paraissait un peu disproportionné à la chose. Bon, le chauve ne savait plus où elle était, mais enfin, il ne me semblait pas utile qu'il se mette dans un tel état.

Il transpirait comme un cycliste en haut d'une côte, et n'arrêtait pas de gémir, tout en furetant dans tous les coins.

Son patron était tout aussi affolé.

Alors, quand je l'ai vue, j'ai fait semblant de laisser tomber mes clefs, et je l'ai ramassée. Discrètement.

Elle leur crevait les yeux, et ils ne s'en rendaient même pas compte. Ils la cherchaient avec tellement d'acharnement, qu'ils ne la voyaient même pas !

Le « dégarni » l'avait posée sur un épais dossier à mon entrée, et comme il était légèrement bombé, la disquette avait simplement glissé et était passée sous un des fauteuils.

Je n'allais pas leur dire.

Je l'aurais dit à n'importe qui, mais pas à eux.

Par jeu, finalement.

Je leur ai dit au revoir, aimable et tout, et je suis parti, la disquette dans la poche de mon blouson.

Me réservant de me débrouiller ultérieurement avec ma conscience.

N'empêche, en sortant de la boutique, j'avais à tout moment la trouille de voir débouler un des mecs pour récupérer la disquette.

Il n'était pas très tard, et j'avais hâte de l'essayer.

Alors, j'ai atterri au Club, devant Falkor.

Bon, je suis membre d'un Club de Micro-informatique, et je me sers toujours du même ordinateur.

Alors, je l'ai appelé Falkor.

C'est le nom du Dragon de la Fortune du roman « L'Histoire Sans Fin ».

C'est un dragon porte-bonheur.

J'ai fait un petit salut aux copains qui tripatouillaient déjà leurs ordinateurs, et j'ai gentiment viré celui qui était au clavier de Falkor.

Même pour les autres membres du Club, Falkor est « mon » ordinateur, et ils me le laissent sans rechigner lorsque j'arrive.

Alors, le coeur battant, je me suis installé devant Falkor, et j'ai rentré la disquette.

En vérité, je ne me sentais pas franchement net.

C'était quand même un vol, et si ma moralité est parfois, voire souvent, élastique, mon for intérieur me rappelle toujours les préceptes inculqués par les parents.

Probité, rectitude et tout le tintouin, alors, pour me redonner bonne conscience (au moment où j'avais piqué la disquette, je me sentais certain de mon bon droit) je me suis promis de ramener discrètement l'objet de mon délit à ses légitimes propriétaires... une fois que je saurais ce qu'il contenait.

Rassuré, mon for intérieur m'a fichu la paix, et j'ai pu me consacrer au programme.

J'ai un peu ramé pour y accéder, mais finalement, je suis parvenu à mes fins.

Et alors là, le délire complet.

Ce que Falkor me montrait, c'était comment tuer quelqu'un.

Une fille.

Il y avait beaucoup de trucs effacés, ou corrigés, ou qui manquaient, mais je distinguais des bribes de renseignements qui avaient dûs être classés et analysés.

Ou tout au moins avaient commencé à l'être selon un ordre qui m'échappait.

Une seule chose était certaine pour moi, cette fille allait mourir.

Mais où ?

Quand ?

Comment ?

Pourquoi ?

J'ai essayé de poser d'autres questions, mais ce n'était pas évident du tout. Falkor me répondait « ERROR » systématiquement, ce qui était normal puisque je ne connaissais pas le mode d'emploi du programme.

A part savoir que cette fille allait mourir, j'avais encore une autre certitude.

Son nom : Edmée Villequier.

*
* *

Maxime se tourna vers Georges, l'air excessivement ennuyé.

— Je crains que ce ne soit ce fichu gamin qui ait embarqué la disquette.

Il y avait une nuance de reproche dans sa voix.

Georges se dandina d'un pied sur l'autre.

— Ben… C'est possible… Faut en aviser…

— Oui. Et je crains que cela ne lui fasse pas plaisir. Pas du tout, du tout…

Georges toussota et essaya de se dérober au regard dur de Maxime.

— C'est qu'un gosse, il ne peut rien en faire...

— Il a l'air malin et calé. Faut le retrouver, et vite. Et l'éliminer.

Le regard de Georges Valmont s'éclaira.

En vérité, il aimait bien tuer.

— Vrai ?

— Vrai.

— Alors, je m'en chargerai. On prévient l'Autre ?

— On le prévient.

Et c'est ainsi, que le nom de Rémi Gauthier figura sur la liste des tueurs.

Juste après celui d'Edmée Villequier.

QUE FAIRE ?

Edmée Villequier… C'était un nom qui ne me disait strictement rien.

Je devais absolument découvrir qui était cette fille et où elle habitait.

Peut-être en cherchant dans le Bottin ?

Mais si elle n'avait pas le téléphone ?

Ou s'il n'était pas à son nom ? Et puis elle résidait peut-être en province, ou même à l'étranger.

Et puis, j'ai un tout petit peu réfléchi. Je me faisais peut-être des idées ?

Après tout, j'avais démarré au quart de tour en déchiffrant la disquette. Je m'étais pris pour un héros de roman policier, pour un super-détective. Pour un Lieutenant Columbo en baskets. Mais au fond, qu'est-ce-qui me prouvait que je ne débloquais pas ?

Que ce n'était pas qu'un simple jeu ?

Sinon une impression.

Les jeux, je connais bien.

J'en ai usés pas mal avec Falkor. D'habitude, c'est drôle, bourré de gags et d'astuces.

Alors que ce programme était sérieux et monotone, voire ennuyeux.

Je devais en parler. Mais à qui ?

A François, et puis aux parents, bien sûr.

Quand Papa lève le nez de sa collection de timbres, et quand Maman quitte son chevalet, on peut discuter avec eux.

Et il y avait aussi la police.

Mais quoi dire ?

D'abord, je n'avais aucune preuve,et je ne me sentais pas du tout capable de convaincre des flics ou même la famille.

On m'aurait répondu que je me faisais des idées, que mon imagination galopait et que ce n'était qu'un jeu bien innocent.

Ou alors, on me prendrait pour un plaisantin... à cause de ma date de naissance que les policiers ne manqueraient pas de me demander... je suis né un premier avril.

Une sale blague qui fait marrer tous les copains qui me souhaitent mon anniversaire.

J'ai un mal fou à être pris au sérieux. Dès que j'ai décliné ma date de naissance, la plupart des gens me font un large sourire, et me gratifient d'un : « Tu dois t'y connaître en blagues, non ? » qui me navre et me vexe profondément.

Alors, si on ne me croit pas...

Une nana risque sa peau.

Je carburais tellement, que je ne m'étais

même pas aperçu que Mo' s'était approché de moi.

Mo', c'est un copain.

Le co-président du Club, avec son frère, et le meilleur professeur de Math's de Paris. Maman exceptée.

Ils enseignent dans le même lycée, et Maman a échappé au bonheur de me compter parmi ses élèves, laissant ce plaisir à Maurice.

J'avoue que je n'aurais pas franchement apprécié avoir Maman comme prof'.

Elle n'aurait jamais accepté de m'aider pour mes exercices.

En tout cas, je ne l'appelle Mo' qu'au Club. En classe, ça ne ferait pas sérieux et on pourrait me prendre pour un fayot. Alors je ne le tutoie même pas. Le parfait élève distant et respectueux !

Il m'a demandé ce qui se passait parce que j'avais une drôle de tête.

Je lui ai tout raconté.

— Tu sais, Mo'. Je suis sûr que c'est pas un gag. Je crois bien que je devrais porter la disquette au flics. Peut-être qu'ils retrouveront cette fille, eux. Ils ont des moyens pour ça...

Maurice a hoché la tête d'un air grave, s'est gratouillé le front, a froncé les sourcils, m'a fait signe de me lever et s'est installé à ma place au clavier de Falkor.

Je lui ai montré ce que

j'avais découvert, et il a essayé de décrypter plus avant le programme.

Je dois reconnaitre qu'il est sacrément plus calé que moi en Micro. Et je dois dire, bien que ma modestie en souffre, que je suis déjà bien plus doué que la plupart des autres membres du Club.

Maurice a pianoté un moment, puis m'a regardé d'un air indécis.

— J'ai réussi à déterminer une heure, mais je ne saurais te dire si c'est celle de sa mort ou de sa naissance. Sept heures... Ce doit être le matin, sinon il aurait été spécifié dix neuf... Mais je ne peux vraiment rien affirmer...

— Ouais, ben... On va chez les flics, O.K ?

— Mhmh... Tu as raison, il n'est pas complet ce programme, pas mal de données ont été annulées ou éliminées... Il parait tronqué... Je ne peux pas déchiffrer grand chose de plus.

Il a recommencé à taper, et je me suis inquiété de le voir s'activer ainsi.

Je l'ai interrompu.

— Euh... Vaudrait peut-être mieux que tu arrêtes ? Enfin, je veux dire... histoire de ne pas risquer d'effacer d'autres trucs, ou si la destruction de la disquette est programmée au cas où on la titillerait trop...

Maurice s'est marré.

— Eh bien ! Tu te crois dans Mission Impossible ?

— Dans quoi ?

— Mission Impossible. Tu sais, ce vieux feuilleton d'espionnage. Tu as toujours une bande enregistrée par où venaient les ordres et on entendait la phrase fatidique : « cette bande s'auto-détruira dans les... »

— Oh ça va ! Me charrie pas !

Il m'a gentiment ébouriffé les cheveux, et puis tout à coup, il est devenu très serieux.

— Ne te fâche pas... tu as raison, ce n'est pas le moment de plaisanter. Je crois bien que tu ne te trompes pas en pensant que ce n'est pas un jeu.

— Ben, c'est ce que je me disais... Tu peux venir avec moi chez les flics ?.. Tu veux bien ?

Une voix un peu rauque qui nous a fait sursauter n'a pas donné le temps à Mo' de me répondre.

— Qu'est-ce-que c'est que cette histoire de flics ? Qu'est-ce-qui se passe ?

C'était Serge.

Le frère aine de Maurice.

Et l'autre co-président du Club.

Si Maurice a un physique de jeune premier romantique, avec ses cheveux blonds et son regard bleu un peu myope, caché par d'épais verres, Serge, lui, ressemble à un austère prédicateur.

Il est presque toujours habillé en noir, et arbore la plupart du temps un air sévère qui me flanque un peu la trouille.

— Qu'est-ce-que-c'est que cette histoire ?

A répété Serge.

J'ai lamentablement bafouillé plutôt que vraiment raconté mon aventure dans la boutique.

— N'importe quoi ! Ah c'est du joli ! Ils vont

être contents tes parents en apprenant ça !

Serge a toujours été particulièrement moralisateur.

— Et puis, vous délirez tous les deux. Ce doit être un simple jeu. Un programme pour tuer une fille, je vous demande ! Je parie que tu lis des polars qui ne sont pas de ton âge.

Je n'ai pas pu m'empêcher de rougir.

Comme j'ai allégrement pioché dans la bibliothèque familiale, les rois et les reines du polar n'ont aucun secret pour moi, même les censurés par Papa.

— Fais voir.

A demandé Serge à son frère.

Un peu ému, Mo' est revenu en arrière.

Il semble toujours un peu effacé en présence de son frère.

Parfois même un peu écrasé par l'autorité de son aîné.

Cela m'étonne toujours, parce qu'en classe, Mo' sait vachement se faire respecter des élèves.

— Et alors ?

Le ton de Serge n'était pas vraiment convaincu.

Moi, je commençais à en avoir un peu marre.

Que Serge ne croit pas qu'une fille était en danger, c'était son problème.

Le mien, c'était de porter la disquette à la police.

Et même si le Club entier n'y croyait pas, cela m'était égal.

Tant que je n'aurais pas la preuve que c'était

un jeu… eh bien je penserais à Edmée Villequier et au danger qu'elle courrait.

— Bon sang !

A crié Mo'.

Juste au moment où j'allais lui demander de sortir la disquette.

— Quoi ?

— Elle est coincée…

Il m'a regardé d'un air de chien battu.

— Je suis désolé…

Puis il s'est tourné vers Serge qui le contemplait d'un air à la fois dédaigneux et empreint d'une profonde commisération.

— C'est ta faute aussi ! Tu n'avais qu'à pas toucher le drive !

— Bon, je l'ai touché, et alors… Ça arrive, non ?

Mo' est devenu furieux.

— Justement non, ça n'arrive pas ! Tu le sais parfaitement ! Tu l'as fait exprès pour nous emm…

— Non mais ça va pas ?… Si ça te plait de croire aux bêtises de ce gamin, c'est ton droit, mais ce n'est pas la peine de m'engueuler pour une histoire ridicule de disquette coincée… Je vais te la décoincer, ne t'emballe pas…

— C'est pas un jeu ! Je te jure !

Ai-je affirmé avec force, vexé par les paroles un peu méprisantes de Serge au sujet de mes « bêtises ».

— Bon, bon d'accord… ce n'est peut-être pas un jeu.

A-t-il plus soupiré que prononcé en commen-

çant à manipuler le drive qui contenait la disquette.

Maurice s'est levé d'un bond.

— Ah non ! N'y touche plus. Tu as assez fait de dégâts comme ça !

— Bon bon... Comme tu veux.

Serge a replacé le drive près de Falkor.

Comme le début de dispute avait fait un peu de raffut, les membres du Club présents avaient tourné la tête vers nous.

Ce que c'est que la curiosité, quand même !

Serge les a foudroyés du regard, et ils ont vite piqué du nez vers leurs ordinateurs respectifs.

— On... devrait peut-être quand même prévenir la police ?

Ai-je proposé d'une toute petite voix.

Serge s'est franchement mis à rire.

— Parce que tu penses qu'ils vont te croire, au commissariat ?

— Bien sûr ! Ils ne vont pas courir le risque qu'une innocente meure... eux.

Mo' m'a tapoté le bras, en signe d'encouragement.

— Tu as raison, ne te laisse pas faire par Serge. Et puis, je viens avec toi.

A-t-il déclaré d'un ton énergique.

— Et même...

— Et même ?

— Et bien, je pourrais moi, raconter ton histoire... enfin, ils croiront peut-être plus facilement un adulte et... Tu ne te vexes pas au moins ?

— Non non. Continue.

— TU PENSES QU'ILS VONT TE CROIRE, AU COMMISSARIAT ?

— BIEN SÛR ! ILS NE VONT PAS COURIR LE RISQUE QU'UNE INNOCENTE MEURE...

C'était faux. Je me sentais vexé comme un pou. Comme à chaque fois qu'on me rappelle que je ne suis qu'un gosse.

— Et... je pourrais ramener un flic ici, et on lui montrerait le programme, puisqu'on ne peut pas sortir la disquette sans risquer de l'abîmer.

La dernière partie de sa phrase fut prononcée d'un ton acerbe qui n'a ébranlé en rien la conviction profonde de Serge que tout ceci n'était que fariboles.

— O.K ; on y va. Tu dois avoir raison, je suppose.

Ai-je accepté, vaincu par le monde des adultes.

Et nous sommes partis vers le commissariat, sous le regard narquois de Serge.

*
**

— Alors tu t'es endormie, comme ça, d'un coup ?

Edmée éclata de rire.

Odile continua son récit.

— Mais oui ! Comme une masse ! Il a fallu que Gilles me secoue pour me sortir de la voiture.

Le joli visage d'Edmée Villequier devint brusquement sérieux.

— Tu te rends compte, si c'est toi qui avais conduit, tu aurais pu avoir un accident ! Tu as eu du pot.

— Finalement, oui... Quand je pense que j'avais râlé contre cette saleté de R.5 qui était en panne... c'est vrai que j'aurais pu être au volant... Enfin ! Je te jure que pendant mes jours de repos, j'en ai profité pour dormir et me faire dorloter ! Par toute la famille.

Odile avait quatre enfants.

Edmée esquissa un sourire.

— Et c'était comment ?

— Épuisant !

Elles éclatèrent toutes deux de rire, et se dirigèrent vers la chambre de monsieur Darel.

Edmée n'avait aucune raison de se douter que si son amie s'était endormie si brusquement, c'était parce qu'elle avait mangé le bonbon en chocolat truffé de somnifère.

Elle ne savait toujours pas qu'on voulait la tuer.

TOUT SE COMPLIQUE

J'avoue avoir fait les cent pas devant le commissariat.

Enfin, pas très loin.

J'aurais peut-être paru suspect si j'avais arpenté pendant presqu'une demi-heure deux mètres de trottoir.

Mo' et moi avions décidé d'un commun accord qu'il entrerait seul.

Finalement, ça ne me disait trop rien de rester assis sur un banc dans un couloir de poste de police.

Dans la rue, c'était pas l'idéal non plus, mais au moins j'étais à l'air libre.

Bêtement, je m'étais imaginé les menottes aux mains et tout.

J'ai parfois effectivement un peu trop d'imagination...

Dès que j'ai vu Maurice sortir du commissariat avec une tête de veuf du jour, j'ai compris que quelque chose n'allait pas.

Déjà qu'il est blond et pâle, dès qu'il a des

ennuis, on dirait qu'il est malade. Là, je l'aurais cru à l'agonie.

Il m'a pris par le bras et m'a entraîné un peu plus loin.

— Bon. Ils ne me croient pas.

— C'est pas possible ! Je vais leur dire !

Il a stoppé net mon élan et mon indignation.

— Attends, ne t'emballe pas. Ils ont un ordinateur, et ils veulent la disquette comme preuve.

— Aïe ! Elle est vraiment très coincée ?

— Je pense qu'en m'y prenant bien, je pourrais la sortir... Cela risque d'être un peu long, c'est tout.

— Combien long ?

— J'ai l'impression que tu prends parfois quelques libertés avec la langue française...

— C'est pas le moment de me faire un cours ! Et puis, t'es prof' de Math's, pas de...

— D'accord ! Arrête de râler. Tu vas rentrer chez toi et...

— Quoi ?!?

— Ecoute, il commence à se faire tard, et tes parents risquent de s'inquiéter... Et puis... tu devrais peut-être déjà essayer de retrouver cette fille...

— Mais comment ?... Ah, le Bottin !

— Par exemple.

— O.K. Je vais le faire... Tu crois que tu pourras décoincer la disquette ?

— Mais oui, file vite. Je te tiens au courant. Je t'appelle dès que je l'ai donnée aux flics.

— O.K. Salut !

Je lui ai fait un petit signe de la main, et je me suis précipité vers la première bouche de métro venue.

*
**

— Je croyais que tu m'avais promis de poser cet après-midi ?

J'ai hésité une seconde entre me confondre en excuses et tout lui raconter. Finalement, j'ai fait les deux. J'avais complètement oublié que j'avais promis à Maman de passer au moins deux heures de ce mercredi après-midi, immobile devant elle pour lui permettre enfin de faire mon portrait.

Maman n'est pas seulement un excellent professeur de Mathématiques, elle fait aussi dans la peinture. Elle prépare sa première exposition. Elle a choisi pour thème, les intérieurs d'appartements. Et dans certains intérieurs figurent des modèles. Papa, François et quelques amis ont déjà été saisis par le pinceau de Maman. J'y avais échappé.

Seulement, profitant du mercredi, Maman m'avait coincé entre deux portes et m'avait arraché la promesse de lui consacrer un peu de temps. Et j'avais accepté.

J'ai horreur de rester sans bouger pendant des heures dans une pose qui me semble toujours idiote... mais comme c'est ma mère, je n'ai pas eu le cran de refuser.

Je n'avais pas prévu que la visite de la boutique se terminerait par le vol de la disquette, et la découverte du programme meurtrier.

En m'entendant, François était sorti de sa chambre et était venu aux nouvelles.

En écoutant mon récit, François avait haussé les épaules à plusieurs reprises et avait jeté des coups d'oeil éloquents à Maman.

— Je me demande vraiment comment je t'élève ! Voler une disquette ! Enfin... Je vais faire un thé.

A déclaré Maman quand j'ai eu terminé.

— Non mais t'es nul ! Tu te rends compte de ce que tu as fait ? Mais on va passer pour quoi, à Radio-Marmotte ?

François est d'une honnêteté scrupuleuse.

Il ne volerait pas un centime à un multimilliardaire.

C'était vrai qu'il m'accompagnait d'habitude, au cours de mes pérégrinations, pour le look sérieux.

Mais j'avoue que cette fois, je m'étais sournoisement débrouillé pour l'évincer, pressentant un mystère.

Et finalement, j'avais eu raison.

Si François avait été avec moi, il aurait tout simplement rendu la disquette aux mecs.

— Oh ça va, la morale ! Et puis, j'ai même pas dit le nom de ta fichue radio.

— Radio-Marmotte n'est pas une fichue radio !

— O.K. Je sais, c'est la meilleure de toutes les radio-libres... Et puis je te jure que je ne raconte pas de blagues. D'abord, je te ferais remarquer que Mo', lui, il me croit.

Et toc !

Cela lui a coupé le sifflet, au grand frère.

C'est fou ce qu'un adulte l'impressionne parfois, mon frère.

Surtout un professeur.

Du coup, cela l'a fait réfléchir.

Papa était, pour d'obscures raisons, anti minitel.

Pendant qu'il pensait, j'ai appelé le 12. Occupé. Alors je me suis rabattu sur le Bottin, et je me suis mis à l'éplucher.

J'ai abandonné très vite.

Notre exemplaire du Bottin doit dater d'avant le Déluge. Ou presque. Partant du principe que les seuls numéros de téléphone intéressants étant ceux de nos amis, et donc par voie de conséquence, les ayant automatiquement, nos parents ne se sont jamais dérangés pour aller chercher les Bottins remis à jour.

Et comme François et moi partageons la même opinion, nous n'avons pas fait plus d'efforts pour récupérer le livre gracieusement fourni par les P.T.T, j'ai dû renoncer à trouver Edmée Villequier dans notre vieux Bottin.

Une chose était sûre, elle ou ses parents n'avaient pas le téléphone cinq ans auparavant.

Maman est revenue avec un plateau, qu'elle a délicatement posé sur la table basse de notre salon.

— La poste ferme à quelle heure ?

— Euh... Dix-neuf heures je crois.

— Merci, M'man. J'y vais... Si Mo' téléphone, tu peux lui dire de me rappeler ?

— D'accord...

Elle a poussé un petit soupir résigné puis a regardé François.

— Si je comprends bien, je vais boire mon thé toute seule, parce que je suppose que tu vas accompagner Rémi ?

François a rougi légèrement.

— Ben... Euh... il m'a rappelé que Mo' le croyait et...

— Mo' est un rêveur, et Rémi lui a donné l'occasion de rêver éveillé... mais après tout, si ça vous amuse de jouer aux détectives...

— Euh... A confusionné lamentablement François.

Au fond, il se sentait intrigué par cette histoire, même s'il ne voulait pas trop le montrer et prenait Maurice comme alibi.

— Vas-y... Je vais faire un soufflé. De toutes façons, je n'ai pas de copies à corriger et il est trop tard pour peindre. Alors, autant que je fasse la cuisine.

Le visage de François s'est éclairé.

— T'es chic, M'man ! Merci ! En route, petit frère.

Ce soir, c'était son tour de cuisiner.

Et c'était pour cela qu'il hésitait un peu à me suivre.

Quand les parents se sont mariés, comme ils travaillaient tous les deux, ils ont établi pour règle de s'occuper chacun à leur tour des corvées ménagères. François et moi avons suivi le mouvement.

Mais de temps en temps, l'un d'entre nous en fait un peu plus, et c'est cadeau pour les autres.

François a enfilé son blouson et on a filé dare-dare à la poste.

Manque de pot, Edmée Villequier, c'était pas Madonna ou Isabelle Adjani.

L'inconnue-type.

Aucune trace dans le Bottin.

Maintenant, je ne jurerais pas que le nom des célébrités figure tel quel dans l'annuaire des postes.

En tout cas, si on ne l'a pas trouvée, Edmée Villequier, ce n'est pas faute d'avoir essayé.

A peine entré dans le bureau de poste, François s'est rué sur la pile de Bottins et on s'est mis illico à les éplucher.

On a fait le siège du rayon des Bottins de la région parisienne, et on a ensuite commencé à inventorier ceux des autres départements.

Comme le bureau de poste fermait, on a été obligés de lever le camp, complètement démoralisés.

Ou cette fille n'avait pas le téléphone, ou elle était sur liste rouge, ou encore son nom figurait parmi l'un des abonnés des milliers de bleds qu'il nous restait encore à répertorier grâce aux dizaines d'annuaires qu'on n'avait pas encore tenu entre les mains. Ou alors le téléphone n'était pas à son nom.

Bref, François et moi sommes revenus à la maison plutôt déprimés.

Maman était en train d'arroser les plantes, et

une délicieuse odeur de cuisine flottait dans l'air.

Maman nous cède rarement la corvée d'arrosage.

Avec raison d'ailleurs.

A part elle, nous n'avons pas la main verte dans la famille.

François arrose les plantes grasses plus qu'il ne faut, craignant tout le temps d'avoir oublié de leur donner de l'eau et il n'est pas rare de retrouver un cactus agonisant, à moitié noyé, lorsque c'est son tour de jardiner.

Papa et moi aurions plutôt le défaut inverse, et avons même failli causer la mort par déssèchement d'un innocent Yucca, l'été dernier. Devant le danger que couraient ses chères fleurs et plantes, Maman plutôt que de nous pister comme un chien policier a préféré retirer l'arrosage à notre liste de corvées.

Maman nous a accueilli avec un grand sourire.

— Alors, vous l'avez retrouvée, votre mystérieuse Femme à Abattre ?

— Ben non... elle ne doit pas avoir le téléphone... Et puis, on n'a pas eu le temps de tout regarder.

A expliqué François.

— Rémi, Maurice a appelé.

J'ai subodoré un problème.

— Qu'est-ce-qu'il a dit ?

— Simplement que tu le

rappelles... Je crois qu'il était ennuyé.

Mon coeur s'est mis à battre un peu plus vite.

— Rémi ?

— Quoi ?

— Tu ne crois pas que vous vous êtes emballés un peu vite ? Et que vous vous prenez pour des détectives de Série Noire ?

— Oh non, M'man... Tu crois que Mo' se tromperait ?

Elle a poussé un petit soupir.

— Peut-être... Enfin, j'ai réfléchi après votre départ pour la poste et je me suis dit que c'est peut-être une boutique bien tranquille... Et aussi que tu as entraîné Maurice dans une histoire à laquelle il ne croyait pas vraiment au départ... Tu es très convaincant quand tu veux, Rémi.

— Pas tant que ça ! Je suis sûr qu'il n'aurait pas marché si ce n'était pas vrai.

Re-soupir.

— Téléphone vite alors. On va bientôt dîner, votre père ne va pas tarder.

J'ai décroché le téléphone et j'ai composé le numéro de Mo'.

Au bout du fil, sa voix était complètement catastrophée.

— Rémi. La disquette a disparu.

— Quoi ? Mais elle était coincée !

— Je sais... Pour se faire pardonner, Serge a réussi à l'extirper du drive, et il l'a rangée avec les autres.

— Et alors ?

— Eh bien, elle n'est plus dans la boîte. Et comme le Club est fermé, il n'y a plus personne. Ce doit être l'un des membres qui l'a prise par erreur.

— Eh ben ! Il ou elle ne va pas être déçu !

— Oh, je crois simplement que rien ne se passera... euh... j'ai l'impression qu'il faut être assez doué pour tirer quelque chose de cette disquette, dans l'état où elle est.

C'était plutôt flatteur pour moi, mais ça ne me disait pas comment retrouver la disquette. Ou Edmée Villequier.

J'avais le moral au trente-sixième dessous.

— Oh, Mo', qu'est-ce-qu'on va faire !

— Eh bien, moi je vais prendre la liste de tous les gens du Club et leur téléphoner pour savoir s'ils ont pris une disquette inutilisable, et toi... continue à chercher cette fille.

— O.K.

J'ai raccroché lentement.

Plus possible d'aller chez les flics sans la disquette, ils nous prendraient pour des plaisantins.

Alors, il ne restait plus qu'à retrouver Edmée Villequier par nos propres moyens.

Qui étaient fort limités.

Dieu que tout me semblait compliqué !

J'en souhaitais presque ne jamais avoir mis les pieds dans cette saleté de boutique.

A part une boule de cristal, je ne voyais pas comment retrouver cette nana !

Et brusquement j'ai eu très peur.

Après tout... elle était peut-être morte ?

*
**

— L'idéal, ce serait quand même de faire d'une pierre deux coups.

Marmonna Georges Valmont.

— Mouais... c'est peut-être risqué.

— Mais il n'y a pas de temps à perdre !

Glapit Georges.

— Oh la ferme ! Si tu ne t'étais pas inquiété stupidement, on n'en serait pas là.

— Mais c'était le treizième...

— Je sais !

Coupa durement Maxime Fernet.

Il en voulait à son complice de s'être affolé en voyant Edmée Villequier dans le service de cardiologie, si tôt le matin.

Maxime était certain que la jeune fille n'avait rien remarqué de spécial... Du moins, même si elle « y » avait fait attention, elle n'avait aucune raison de relier « cela » à la mort du vieillard.

Mais la présence d'Edmée Villequier avait suffi pour paniquer Georges, il s'était mis dans la tête qu'elle avait eu des soupçons, ou pourrait en avoir.

Alors, il avait demandé à l'exécuter.

Maxime sachant que Georges ne serait bon à rien tant qu'il ne serait pas tranquillisé, avait accepté et avait contacté l'Autre... celui qui était devenu leur chef.

Et tout avait raté une première fois à cause de Lucienne.

Et maintenant, à cause de ce maudit gamin.

A cause de ce sale petit morveux, leur belle organisation était en danger.

Un sourire haineux courut sur ses lèvres.

— Oui... ce serait l'idéal. Les buter tous les deux, d'un coup.. On va lui demander de nous mitonner ça.

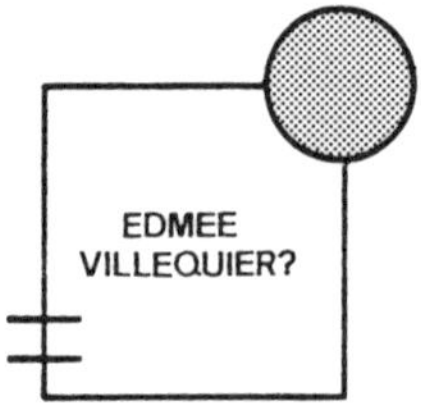

UNE IDÉE GENIALE !

Alors que tout semblait perdu, François a eu une idée.

Bien qu'il soit plus âgé que moi, il n'est pas toujours au niveau. Rapport à l'intellect.

Cependant, il a parfois des éclairs de génie qui m'épatent.

Puisqu'on ne pouvait pas compter sur la police pour mener les recherches sur une grande échelle, et qu'il valait mieux se dépêcher, dans l'intérêt de l'inconnue, on devait se débrouiller tout seuls.

Alors, François a décroché le téléphone et a composé le numéro de sa radio.

Moi, je le regardais faire sans mot dire.

Quand il a une idée, et qu'il la croit bonne, il cligne des yeux sans arrêt.

Avant d'avoir l'âge de comprendre ça, je croyais que c'étaient ses lentilles de contact qui le gênaient !

Je crains que je ne m'apercevais pas vraiment de la qualité des idées de François.

En tout cas, tout en l'observant, je me

demandais comment il pouvait réussir à composer un numéro de téléphone tellement ses yeux papillotaient.

François et ses copains se sont répartis le travail.

Ils ont contacté toutes les autres radios libres, et elles ont aussitôt accepté de passer le message.

Un appel tout simple.

Si Edmée Villequier l'entendait, elle devait nous joindre.

Des fois, mon frère, il est bien.

Son idée n'était pas du tout idiote. Surtout si cette fille était jeune.

La plupart des parisiens et des banlieusards écoutaient au moins de temps en temps une radio libre.

Edmée, ou peut-être des gens qui la connaissaient pouvaient entendre ce message et l'avertir.

Il ne nous restait plus qu'à attendre et à espérer.

Qu'elle appelle, d'abord.

Et surtout, qu'elle nous croie.

Papa étant arrivé juste après que François ait passé son message, cela nous a valu de raconter une ultime fois — de la journée — l'histoire de la disquette.

Papa n'a pas paru spécialement convaincu.

Il m'a regardé un peu comme lorsque je lui raconte des craques pour éviter la fraise.

Il est dentiste, et il est le seul de sa profession à parvenir à me faire desserrer les mâchoires. Mais cela nous demande de part et d'autre des efforts considérables. Aussi, ces pénibles séances sont elles très rares.

Mais là, je n'étais pas dans son détestable cabinet blanc.

— Tu en as marre du lycée, ou quoi ? Les vacances de Printemps ne sont pas si éloignées pourtant.

— Pff ! Je ne vois pas le rapport !

Ai-je rétorqué, indigné par ce soupçon injuste et mesquin.

Papa a rajusté ses lunettes sur son nez. Elles glissent tout le temps, mais il s'obstine à ne pas faire réparer la monture.

Un de ces quatre, un de ses clients finira par les avaler !

François, lui, se taisait.

Je sentais que l'air peu convaincu de Papa avait ébranlé ses propres convictions.

— Bon... on verra ce que donnera cette histoire... Enfin, je me demande comment je t'ai élevé...

— Maman me l'a déjà dit.

— Ah bon... Bon... en tout cas, l'idée de François n'est pas idiote.

François s'est rengorgé, fier comme un paon.

Pour un peu, il aurait fait la roue !

— Eh bien on verra...

Papa a toujours tendance à se répéter un peu.

— Euh... après tout peut-être que cette fille existe et appellera. A-t-il conclu d'un air résigné.

*
**

Deux jours, on a attendu.

Le message passait une fois par heure sur chaque radio.

Je le savais par coeur.

« — Attention, message personnel.

Si madame ou mademoiselle Edmée Villequier nous écoute en ce moment, elle est priée de contacter François Gauthier au 45.33.25.12.

Si vous la connaissez, s'il vous plaît, communiquez-lui ce numéro.

C'est trés important.

Nous vous remercions par avance de votre coopération.»

François avait failli mentionner un prix que cette fille aurait gagné, mais il s'est ravisé.

On aurait eu peut-être dix ou quinze Edmée Villequier sur les bras.

Et on n'avait pas de temps à perdre en vérifications d'identité.

Et pas franchement les moyens.

On commençait sacrément à désespérer.

François passait le plus clair de son temps vautré près du téléphone, délaissant ses cours.

Et moi, je le relayais dès que je rentrais du lycée.

Les parents râlaient parce qu'ils commençaient à trouver la plaisanterie plutôt saumâtre.

Je les comprends, parce qu'on ne les laissait plus téléphoner.

François ou moi les regardions d'un air soupçonneux, voire vindicatif, dès que l'un d'eux s'approchait à moins de un mètre de l'appareil.

Je n'avais plus remis les pieds au Club, et Falkor me manquait un peu... mais je devais assurer le relai auprès du téléphone.

Mo' cherchait toujours la disquette.

Il avait pu joindre tous les membres du Club, et aucun n'avait la disquette.

Enfin, en réalité, il lui manquait quelqu'un sur sa liste.

Michel, un représentant de commerce en déplacement. Et Maurice le soupçonnait.

Seulement, pour en avoir la certitude, il fallait attendre son retour.

*
**

François m'a regardé d'un air morne.

— Et si c'est une petite vieille à héritage complètement sourde ?

Faut dire, qu'Edmée Villequier, on l'avait imaginée sous toutes les formes possibles et imaginables.

Ça allait de la vamp, dangereuse espionne ou innocente victime d'une effroyable machination à la vieillarde décrépie dont un fils à « espérances » voulait se débarrasser.

Des Edmée Villequier, on en a inventées !

Des grosses, des maigres, des laides, des jolies, des brunes, des blondes, des jeunes, des vieilles, des célibataires, des avec cinq mômes, des naines, des bossues... et même quand on angoissait trop, des mortes et enterrées.

— Hein ?

Ai-je eu le temps de vaguement marmotter en haussant les épaules.

La sonnerie du téléphone a retenti, dérangeant François dans sa noire dépression.

— Je parie que c'est encore une tarée !

A-t-il dit d'un ton dédaigneux.

C'est vrai qu'on avait eu droit à quelques gags téléphoniques.

De la part d'un copain de François, d'abord.

Mais on l'avait très vite convaincu de ne pas insister parce que c'était grave.

Et puis, deux ou trois fois, des plaisantins qui ne savaient pas quoi faire pour s'amuser et pomper l'air aux autres en général, et à nous en particulier.

François et moi avions ainsi eu droit à une crise de fou-rire de la part d'une interlocutrice, et à deux rendez-vous foireux.

— Mouais ?

A ronchonné François en décrochant d'un air maussade.

Et soudain, son visage a eu une expression particulièrement ahurie.

J'ai flairé quelque chose d'insolite, et je me suis précipité sur l'écouteur.

La vraie Edmée Villequier, était au bout du fil.

Enfin !

Je commençais presque à douter de moi et de cette saleté de programme !

LA VRAIE EDMÉE VILLEQUIER, ÉTAIT AU BOUT DU FIL.
ENFIN !

En vérité, François a été tout à fait à la hauteur.

Une fois remis du choc causé par la véritable Edmée Villequier, il a arrêté de bafouiller.

Parce qu'au début de la conversation, c'était plutôt confus.

— Ah ben ça ! Alors vous êtes Edmée Villequier ! Ah ben ça !

Dans des moments d'intense désespoir, François avait douté de son existence et m'avait traité de petit abruti et de « mythomane ».

J'avais regardé dans le dictionnaire.

C'est quelqu'un qui invente des histoires, et qui ment tout le temps.

Je m'étais senti excessivement vexé.

— Alors, j'ai inventé ?

Ai-je murmuré sournoisement à François pendant qu'il essayait de convaincre mademoiselle Villequier qu'on voulait la tuer.

— La ferme ! Non... non, ce n'est pas à vous que je parle... Euh ! Pourrait-on se voir ?

Elle a hésité un instant.

François et moi, on retenait notre respiration.

Est-ce-qu'on l'avait convaincue ?

Parce que ça n'était pas du tout évident.

François venait de dire à cette fille qu'on voulait l'assassiner, mais qu'on ne savait pas qui, ni comment.

Sa première réaction a été d'éclater de rire.

Et François a patiemment expliqué tout ce qu'on savait... c'est à dire peu de choses.

Mais enfin, Edmée Villequier l'a écouté.

François a une voix merveilleuse.

Elle est exceptionnellement douce et bien timbrée. Elle passe magnifiquement bien sur les ondes, et je soupçonne qu'elle n'est pas pour rien dans le succès des émissions de François.

Au téléphone, c'est pareil, elle charme tout autant.

Je suis persuadé qu'il aurait eu la voix éraillée du mec qui double Marlon Brando dans la version française du Parrain, Edmée Villequier l'aurait pris pour un vieux Beau et lui aurait raccroché au nez.

L'hésitation d'Edmée Villequier nous a semblé durer des siècles.

— Bon. D'accord. Quand ?

François et moi avons failli sauter de joie.

— Euh... Maintenant. Enfin, dans une demi-heure, ça ira ?

— D'accord. Où ?

Sa voix était nette et précise.

On la sentait encore un peu méfiante.

Elle pensait peut-être que c'était une façon à peine plus originale que les autres de draguer une nana ?

— Dis-lui que je viens.

Ai-je soufflé à François.

— Euh... Il y aura Rémi, enfin, mon frère.

— Ah. Bon, à tout à l'heure.

Et elle a raccroché.

J'avais bien suspecté que François voulait m'évincer, parce que d'aprés sa voix, mademoiselle Villequier semblait loin d'être octogénaire.

— Si tu ne lui avais pas dit que je venais, elle t'aurait pris pour un dragueur minable.

Ai-je sussuré, content de moi.

Après tout, c'était moi qui avais découvert la disquette, alors je n'allais pas me laisser mettre hors jeu !

François m'a lancé un regard furieux.

— On y va, le mioche ! En route.

— Oh ! Attends ! Faut prévenir Mo'.

— O.K. Active, moi je vais démarrer Seccotine.

— Oh, alors j'ai le temps !

— Tu mériterais que j'y aille sans toi.

A râlé François en sortant.

— Hé pas de blagues !

J'ai composé le numéro de Maurice.

Il a répondu presque tout de suite.

— Mo'. On l'a retrouvée...

— Qui !

— Ben... Edmée Villequier.

Il a eu une espèce de hoquet.

— Mo', ça va ? Tu ne t'es pas étouffé ?

— Mais non ! C'est génial, ça ! Comment ?

Je lui ai expliqué.

Je ne lui avais rien dit des messages, parce que je ne voulais pas lui donner d'occasion de s'angoisser en plus de la recherche de la disquette... et puis, à certains moments, je ne croyais plus que ça marcherait.

— Bravo. Il a eu une excellente idée, ton frangin.

— On a rendez-vous avec elle au troquet de la Contrescarpe où on va toujours avec François. Tu veux venir ?

— Oui, bien sûr... Ah zut ! Non, je ne peux pas... Un copain doit passer ce soir, et je ne peux pas le joindre. Mais je suis certain que vous vous débrouillerez très bien.

— D'acc.

J'allais raccrocher quand Maurice a haussé joyeusement la voix.

— Hé, Rémi ?

— Quoi ?

— Il y en a un qui va être étonné, tu ne crois pas ?

— Qui ?

— Serge ! Je vais lui téléphoner tout de suite... Tu te rends compte ! Edmée Villequier retrouvée, ça va lui en boucher un coin... Et tu ne connais pas la dernière ?

— Non.

— Il voulait aller dans la boutique, s'expliquer avec les vendeurs, tu t'imagines ! Heureusement que je l'en ai empêché... En tout cas, maintenant, il nous croira.

Ça, ça ne m'étonnait pas de Serge !

Il veut toujours avoir raison, et il trouve toujours que tout le monde a trop d'imagination.

Surtout moi et son frère !

Je me demande comment il peut inventer des programmes !

Il faut quand même un minimum d'imagination pour ça !

Enfin, s'il était allé voir les deux affreux, quelle salade !

Ils auraient eu des soupçons.

Enfin, j'espérais qu'ils la cherchaient tou-

jours la disquette... parce que s'ils se doutaient que je l'avais piquée...

— Bon, tu me raconteras votre entrevue avec cette Edmée, d'acc ?

— Promis. Demain.

J'ai raccroché.

Avant de rejoindre François, j'ai écrit un petit mot pour les parents, leur signalant qu'on avait trouvé Edmée Villequier, et que le téléphone était libre.

Ils en avaient tellement marre de nous voir avec des têtes d'enterrement qu'ils s'étaient tirés au cinéma.

Ils ne seraient pas les moins heureux de l'existence d'Edmée... à cause du téléphone !

Maxime raccrocha, l'air morose.

— Ils l'ont retrouvée.

Annonça-t-il d'un ton lugubre.

— Merde. Comment ?

S'enquit Georges.

Maxime expliqua les messages Radio.

— Merde.

Répéta encore Georges.

Maxime poussa un profond soupir.

— Tant pis pour ce sale gosse ! On en revient au plan de départ. On les liquide tous les deux. D'un coup.

Le visage de Georges s'éclaira.

— Ça, j'aime mieux !

Le « patron » avait voulu essayer la manière douce.

Il pensait que si rien ne se passait, et s'il ne retrouvait pas Edmée Villequier, le gamin se serait désintéressé de cette histoire et aurait fini par admettre que ce n'était qu'un jeu.

Il avait même pensé à un moyen très simple pour le convaincre.

Mais à présent, ce n'était plus possible puisqu'il savait qu'Edmée Villequier existait.

Alors... il y avait du travail pour Georges Valmont.

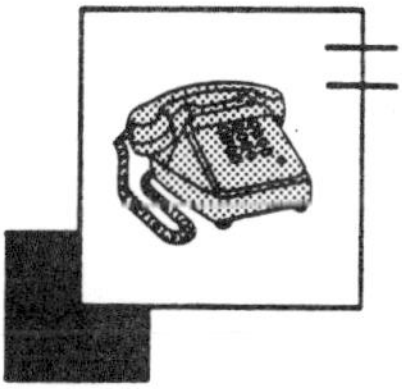

EDMÉE VILLEQUIER

François a par miracle réussi à se garer tout près de la place de la Contrescarpe, où se trouvait le petit bar choisi par lui pour rencontrer Edmée Villequier.

Nous habitons rue Monge, face à la caserne, et François connait la rue Mouffetard et la Contrescarpe comme sa poche. Edmée lui ayant affirmé qu'elle s'y baladait souvent aussi, ils se sont mis d'accord pour un troquet.

Edmée Villequier et nous étions presque voisins.

Elle habitait Boulevard Auguste Blanqui, près de la place d'Italie.

A peine à quelques stations de métro de chez nous !

Alors qu'au plus fort de notre déprime, François et moi l'avions imaginée résidant au fin fond du Finistère ou en Martinique !

— N'empêche, on aurait pu venir à pied.

Ai-je marmonné en m'extirpant péniblement de Seccotine.

Entrer et sortir de l'antique Deux-Chevaux est toujours une épreuve.

Seccotine semble gémir, et j'ai toujours peur de la voir s'écrouler en un tas de ferraille.

— Ça va pas, non ? A pieds ! Il y a au moins deux cent mètres de la maison à ici ! Et puis, il faudra bien raccompagner cette fille ! S'est indigné François.

Puis il s'est penché vers le rétroviseur et a trés soigneusement replacé une mèche qui avait légèrement glissé sur son œil droit.

Puis, on s'est dirigé vers le bar… vers Edmée Villequier.

*
**

On l'a repérée tout de suite en entrant.

Le troquet est petit, et elle avait réussi à garder une table pour elle seule, ainsi que deux chaises vides.

Elle guettait visiblement quelqu'un, les yeux rivés sur la porte.

Elle pianotait nerveusement sur la table, du bout des doigts, et ne semblait prêter aucune attention aux regards sirupeux que lui lançaient les mecs autour d'elle.

Faut dire qu'elle était belle cette fille !

Encore plus jolie qu'une actrice de cinéma.

Je me suis senti tout chose en la voyant.

En tout cas, elle n'a pas fait de l'effet seulement à moi.

Dès qu'il s'est rendu compte qu'Edmée Villequier c'était bel et bien cette ravissante esseulée, François s'est approché de sa table, moi dans son sillage, s'est planté devant elle, a ouvert la bouche et l'a refermée aussitôt.

Il a mis prés d'une minute avant de pouvoir prononcer le moindre mot, regardant Edmée Villequier comme si elle était un Martien vert, dégoulinant de tentacules, et non une délicieuse brune aux yeux gris.

Le coup de foudre.

Mon frère amoureux est du genre romantique.

Ce qu'il adore, c'est la promenade au clair de lune, les roses rouges et les violons.

Edmée Villequier a haussé un sourcil interrogateur.

Voir une grande asperge un peu rouquine et rougissante figée silencieusement devant vous doit être pour le moins déconcertant pour n'importe qui.

— Vous êtes François Gauthier ?

A demandé Edmée d'un ton légèrement amusé et surpris.

François a lamentablement bafouillé quelque chose de totalement incompréhensible.

J'ai pris la situation en main.

— Oui, c'est lui, et moi je suis Rémi.

Edmée Villequier m'a gratifié d'un éblouissant sourire.

— Asseyez-vous, alors.

Comme François ne semblait pas sortir de son état stuporeux, et que j'estimais qu'on n'avait pas trop de temps à perdre — des assassins étaient aux trousses de mademoiselle Villequier —, j'ai commandé un Diabolo-Menthe pour moi, un Whisky-Coca pour François, alors qu'Edmée demandait un Irish-Coffee, et j'ai recommencé ma petite histoire.

La disquette volée et tout et tout.

Pendant ce temps, François commençait à reprendre conscience de la réalité et souriait béatement, voire bêtement, à Edmée.

Une fois que j'ai eu terminé, elle a poussé un léger soupir.

— Ce n'était pas idiot de passer ce message sur les radios libres. Je ne suis pas dans le Bottin.

François avait rougi.

Je ne lui ai pas laissé le temps de répondre au compliment.

— Ah ? Vous êtes sur la liste rouge ?

Mon ton inquisiteur l'a fait rire.

— Mais non ! Simplement, le téléphone est au nom de Paul.

— Votre copain ?

Est intervenu François d'une voix blanche.

— Mon beau-père... plus exactement mon parâtre. Mon père ne m'a laissé que son nom et de temps en temps des cartes postales de tous les coins du monde.

— Tant mieux !

S'est exclamé François, visiblement soulagé.

Puis il s'est rendu compte de sa gaffe en

— MAIS QUI VOUDRAIT ME TUER ? MOI ? JE SUIS JUSTE ÉLÈVE-INFIRMIÈRE !

voyant les beaux yeux d'Edmée s'assombrir.

— Euh... je veux dire... enfin...

— Ce n'est rien... C'est comme ça, c'est tout... Hum, tout ce que vous venez de me raconter, c'est complètement fou ! Paul... Paul Merlin travaille dans une banque, il n'a jamais assisté à un hold up, et son loisir préféré c'est la pêche, et la marche en haute montagne. Maman est secrétaire de direction dans une boîte d'intérim et c'est une passionnée de théâtre. Alors, mis à part un client mécontent des délais d'accord pour un crédit ou une comédienne évincée par Maman dans sa troupe de théâtre amateur, je ne vois pas qui nous en voudrait...

— Euh... Ce ne sont pas tes parents qui sont visés...

Avait doucement rappelé François, osant enfin la tutoyer.

L'hilarité d'Edmée avait redoublé.

— Mais qui voudrait me tuer ? Moi ? Je suis juste élève-infirmière ! Et je jure n'avoir jamais été témoin de vol de toxiques, et je ne trafique pas de petites ampoules qui font planer !

— Ben, 'chais pas... Tu n'as jamais assisté à un meurtre ?

Edmée avait levé les yeux au ciel.

— Tu sais, la vie des infirmières, ce n'est pas comme dans les romans ou dans les feuilletons. Le médecin qui assassine subrepticement ses malades, c'est plutôt rare. Par contre, des morts, j'en vois souvent... Sa voix claire s'était adoucie pour n'être plus qu'un mur-

mure. Surtout en ce moment, je travaille en cardiologie, et... il y en a souvent. Des vieux et des jeunes... La semaine dernière, un vieil homme que j'aimais bien est mort et... je vous assure que je n'ai remarqué aucun héritier armé d'une massue dans les parages !

Elle avait ponctué sa dernière phrase d'un vigoureux hochement de tête, et avait fini d'un trait son Irish-Coffe.

— Non, vraiment, personne n'a de raison de me tuer. Et je ne connais pas cette fichue boutique !

A-t-elle conclu.

Je sentais bien qu'on ne l'avait pas convaincue.

Pire, François recommençait à douter de moi.

Et je sentais bien que même Mo' ne pèserait pas lourd dans la balance.

D'un côté ma folle histoire de disquette, et de l'autre, la sérénité du regard d'Edmée Villequier.

Je ne faisais pas le poids.

Et pourtant, j'étais sûr qu'elle était en danger.

En vérité, à mon grand désespoir, je voyais venir le moment où Edmée se lèverait, et adieu.

On ne la reverrait plus, et les tueurs réussiraient.

François a dû penser la même chose que moi, et pour des raisons moins humanitaires que les miennes, j'en suis certain, il s'est rendu compte que s'il laissait tomber cette histoire de disquette, il risquait de ne plus jamais revoir Edmée Villequier.

Alors, il a rétrogradé hypocritement et a convenu que finalement, on ne savait jamais et qu'il valait peut-être quand même prendre des précautions tant qu'on n'avait pas remis la main sur le programme.

Il fallait surveiller Edmée.

Je n'ai pas eu longtemps à me poser la question de savoir qui ne quitterait pas cette charmante personne d'une semelle.

Et Edmée n'a pas protesté.

Du moins pas d'une façon véhémente.

Bien sûr, elle a vaguement argué que tout cela était un peu ridicule, mais enfin, j'ai bien l'impression qu'avoir François comme garde du corps ne lui déplaisait pas spécialement.

François est plutôt du genre beau gosse.

Et puisque cette solution les arrangeait et les amusait visiblement tous les deux, j'ai mis mon grain de sel et les ai encouragés.

Jouant à fond la carte de l'inquiétude.

Pour un peu, ils m'auraient déclaré qu'ils n'envisageaient cela que pour me faire plaisir !

A d'autres !

En tout cas, ça me soulageait grandement de savoir qu'Edmée serait talonnée la plupart du temps par François.

Mon frangin a un air nonchalant et bonnasse de grand dadais, mais il vaut mieux ne pas trop s'y fier. Il a été ceinture noire de Judo, et même s'il a un peu laissé tomber l'entraînement et la compétition à cause de Radio-

Marmotte, ses réflexes n'en sont pas moins vifs, et ses gestes précis.

Et pour inaugurer ses fonctions de garde du corps, François a proposé à Edmée de la raccompagner.

— C'est un peu compliqué. Je suis en moto. J'ai une Honda 250.

François a eu l'air franchement désapointé.

— Eh bien, c'est pas grave... On te suit en voiture jusque chez toi. Et puis, faut qu'on s'arrange pour demain et les autres jours.

— D'accord. Elle est juste dehors.

On était vendredi.

Et Edmée n'avait pas de cours le week-end... ni François.

Je gageais que mon frère trouverait très vite un excellent prétexte pour ne pas quitter Edmée ces deux jours.

Après tout, j'aimais autant.

On s'est levé et on s'est dirigé vers la sortie.

En fait, je commençais à être un peu vanné, et l'atmosphère trop chaude et enfumée du bar me donnait un peu la nausée.

Hélas, il était trop tard pour téléphoner à Mo'

J'avais hâte de tout lui raconter.

⁂

Lucienne observa Edmée Villequier sans aménité, alors qu'elle sortait du bar, talonnée par François et Rémi.

Lucienne s'excusa auprès de ses amis, expli-

quant qu'elle avait un coup de fil urgent à donner.

Il avait fallu agir très vite, et elle n'avait guère eu le temps de se préparer.

Dès que Maxime avait appris que ce maudit gamin avait retrouvé Edmée Villequier, il avait demandé à Lucienne de se rendre au petit bar de la Contrescarpe choisi par les jeunes gens pour se rencontrer. Lucienne avait à peine eu le temps de se grimer d'une perruque brune dissimulant ses cheveux blonds, et de poser des lunettes noires sur son nez.

Edmée Villequier l'avait vue de trop près, dans le service, surtout le soir où elle avait offert les bonbons au chocolat, et il ne fallait surtout pas qu'elle puisse la reconnaître.

Lucienne avait eu la chance de rencontrer des amis, leur avait dit que la perruque était un pari, et les avait entraîné dans le bar de la Contrescarpe.

— Maxime ?

— Oui…

— C'est moi… Ils l'ont rencontrée.

— Et alors ?

— Ils sont repartis ensemble, l'air assez amis.

— Donc cette saleté de môme a réussi à la convaincre… Bon, tu peux revenir.

Maxime raccrocha lentement et se tourna vers Georges.

— Tant pis pour eux, on fait comme on a dit.

Déclara-t-il d'une voix atone.

Georges gloussa de plaisir.

Il avait hâte de passer à l'action.

D'autant plus qu'un quatorzième contrat était en vue.

Alors, l'Autre avait décidé qu'il fallait au plus vite régler cette ridicule question d'Edmée Villequier et Rémi Gauthier.

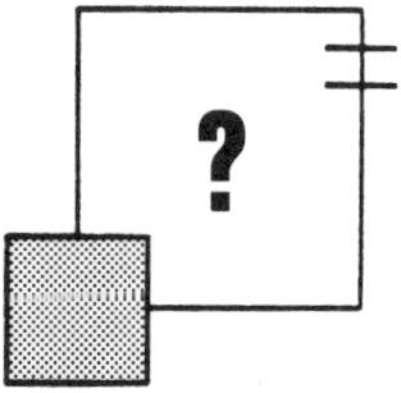

LES GARDES DU CORPS

François s'est attelé à sa tâche de garde du corps avec une conscience quasi-professionnelle qui m'a impressionné.

Il conduisait Edmée à l'hôpital Saint-Louis le matin, puisqu'elle y était en stage, déjeunait avec elle et la menait ensuite à son école d'infirmières, puis il la récupérait à nouveau le soir.

Il avait réussi à faire renoncer momentanément Edmée à sa Honda.

Je dois dire qu'on n'a pas trop vu mon frère à la Fac ces derniers jours.

Quant à Radio-Marmotte, si François se passait allègrement de la Philo, il en allait autrement de ses émissions, et mon frère n'avait pu se résoudre à les supprimer ou se faire remplacer.

Il avait résolu le problème en aménageant légèrement ses horaires, et en invitant Edmée Villequier dans les locaux de la radio.

Moi, pendant que François veillait, je me sentais rassuré.

D'autant plus que Mo' avait pris un air catastrophé pour m'apprendre que le déplacement de Michel s'était prolongé.

Il n'y avait plus qu'à s'armer de patience jusqu'à son retour, et espérer qu'il avait bien la disquette.

Finalement, la semaine s'était écoulée assez calmement.

La vie avait repris son train-train routinier, les copains, le lycée, le Club...

Ah oui ! Le Club !

Il y avait quand même eu un incident marquant, dès le lundi, à cause de Serge.

J'étais passé le soir, après les cours au Club, pour voir Mo', et lui expliquer de vive voix la rencontre avec Edmée Villequier, et la façon dont François avait organisé ce qu'il appelait pompeusement sa protection.

Exceptionnellement, Serge était absent.

Ça m'a étonné.

— Où il est, ton cher frère ?

Ai-je demandé à Maurice.

Mo' s'est tortillé sur son siège, l'air gêné.

— Ben... Il est allé à la boutique...

— Quoi ? Mais il est malade !

— J'ai bien essayé de l'en dissuader, je lui ai même dit que de toute façon, elle risquait d'être fermée un lundi, mais tu le connais...

Il m'a regardé d'un air morose.

— Et qu'est-ce-qu'il est allé y foutre ?

— Rémi !

— Oh, ça ira pour une autre fois le langage châtié et correct ! Il est allé leur dire quoi, que j'ai piqué la disquette et que j'ai découvert qu'ils voulaient tuer Edmée, et que je l'ai...

— Allons, ne t'emballe pas comme ça...

— Parce que c'est pas une raison pour m'exciter ? Mais qu'est-ce-que tu crois qu'ils vont faire, eux... s'ils sont sûrs que c'est moi qui ai chapardé leur saleté de programme, et si ton abruti de frère leur a dit...

— Leur a dit quoi, l'abruti de frère ?

J'étais tellement exaspéré que je n'avais pas fait gaffe aux signes désespérés que m'adressais Mo'.

La voix calme de Serge m'a fait faire un bond de un mètre.

— Euh... mon nom.

J'ai rougi, parce que j'étais un peu confus de l'avoir insulté, mais je l'ai néanmoins toisé fièrement.

— D'abord, je n'ai pas dit ton nom. Ensuite, je n'ai pas parlé de la disquette...

— Ben alors, t'as fait quoi ?

— Je les ai simplement habilement interrogés sur leurs activités.

J'ai haussé dédaigneusement les épaules.

— Pff ! J'entends d'ici les réponses... Le patron il t'a aussi fait le coup des menus sur une année ?

Serge s'est contenté de soupirer.

— Oui, il m'a fait le coup des menus, comme tu dis... Et puis on a parlé d'autres programmes, un peu plus complexes, et aussi de jeux.

— Ben voyons !

Mo' a ouvert la bouche, comme pour dire

quelque chose, puis il s'est ravisé, préférant me laisser continuer sur ma lancée, et écoutant son frère un peu plus patiemment que moi.

Mon interruption n'a pas ébranlé Serge.

— Oui, de jeux. Le type que j'ai vu m'a expliqué qu'il inventait des jeux un peu spéciaux, des jeux de rôles, si tu préfères, et pour faire vrai, il gardait les noms des gens qui les lui demandaient et en rajoutait d'autres pris au hasard dans le Bottin.

Là, Serge, je ne l'ai pas loupé !

— Raté ! Edmée Villequier n'est pas dans le Bottin. Le téléphone est au nom de son beau-père.

J'ai annoncé ça avec beaucoup de plaisir.

Cela a décontenancé Serge pendant quelques secondes, puis il s'est repris.

— Et alors, qu'est-ce-que ça prouve ?

Sa mauvaise foi m'a rendu furieux.

— Mais qu'il ne l'a pas pêchée dans le Bottin ! Tout simplement, et qu'il t'a raconté des craques !

Serge a eu un geste de mauvaise humeur, comme s'il balayait d'hypothétiques mouches.

— Eh bien, il m'a dit aussi qu'il inventait des noms, à l'occasion. Il a dû inventer le nom de cette fille et puis elle existe, voilà tout ! Tu sais bien que cela arrive parfois... D'ailleurs, si ça n'arrivait jamais que des noms inventés existent, au générique des films ou dans les bouquins, on n'aurait pas besoin d'ajouter la fameuse petite phrase, « toute ressemblance... »

J'ai admis de mauvaise grâce que son raisonnement se tenait.

Serge m'a gratifié d'un chaleureux sourire.

Un missionnaire convertissant un « sauvage » au catholicisme n'aurait pas eu un air plus satisfait.

— Allons, ne fais pas cette tête-là, je suis certain que ce type m'a dit la vérité, et que dès qu'on aura retrouvé la disquette et qu'on la poussera un peu plus loin, on vérifiera que ce n'est qu'un jeu. Je parie même qu'il ne va rien lui arriver, à votre Edmée Villequier !

Pour un peu, j'aurais voulu qu'Edmée échappe à une rafale de mitraillette, rien que lui clouer le bec à Serge !

*
**

— Moi, l'Autre, je ne le comprends plus !

Déclara Georges Valmont, excédé.

Il avait préparé un joli petit meurtre, un double meurtre, et voilà qu'il voulait temporiser, arguant que c'était trop risqué et qu'ils risquaient d'attirer l'attention.

Maxime haussa les épaules d'un air fataliste.

— Il a ses raisons.

— Mais ! Je voudrais bien savoir lesquelles ! Plus le temps passe et plus cette idiote d'Edmée Villequier risque de se souvenir...

— Je t'ai dit que ce n'était qu'un détail !

Coupa Maxime.

Toute cette histoire lui déplaisait, et l'Autre qui préférait laisser traîner les choses... Bien sûr, il jouait la prudence.

Cela, Maxime, excessivement prudent lui-même, le comprenait.

Cependant, en ce cas précis, c'était peut-être dangereux.

Le gamin avait tout de même commencé à décoder la disquette.

Bien sûr, si tout se passait selon les prévisions de l'Autre, il n'y aurait qu'à substituer habilement une disquette de jeu à celle que le gosse avait volée.

Et bien sûr, ne pas oublier d'y glisser le nom d'Edmée Villequier.

Le patron... Maxime esquissa un léger sourire, si on lui avait dit un jour qu'il penserait à l'Autre comme à un patron.

L'Autre, le patron... dès le début de leur association, ils avaient décidé de ne jamais prononcer son nom. Il ne faisait pas partie du « milieu », et ils avaient estimé plus prudent qu'il restât incognito. Seul Maxime connaissait son identité, Georges et même Lucienne l'ignoraient.

Le patron, donc, pensait qu'il y avait une chance pour que le gamin finisse par croire qu'il n'y avait rien de grave, et qu'après tout, ce n'était qu'un jeu.

Jusqu'à présent, l'Autre ne s'était jamais trompé.

Cette pensée rasséréna Maxime, et il se prépara à parler du quatorzième contrat, histoire de calmer un peu Georges.

Lucienne qui était en train de se limer les ongles sapa le bel optimisme naissant de Maxime.

— Moi, je suis comme Georges, je ne comprends pas le patron. C'est risqué d'attendre. Ce sale gosse, il est malin. Le coup du Bottin, on l'avait pas prévu, et lui, il y a pensé tout de suite.

Maxime Fernet lui octroya un regard propre à déprimer un régiment de Légionnaires en permission.

Il dût concéder que Lucienne avait raison.

— Ouais... on ne pouvait pas deviner que cette gourde n'était pas dans le Bottin ! De toute façon...

— De toutes façons, je trouve qu'on ne devrait pas attendre trop longtemps.

Termina Lucienne.

Et Maxime ne put faire autrement que de l'approuver.

Georges hocha la tête avec force.

— Oui ! C'est trop dangereux.

Maxime Fernet aspira un grand coup.

— Je vais téléphoner au patron... On attend une semaine pour décider... Pas un jour de plus !

En vérité, ils n'eurent pas à attendre aussi longtemps.

Sans le savoir, Rémi Gauthier contribua à les faire décider de son sort et de celuid'Edmée, bien plus vite.

Mais il ne s'en doutait pas.

DÉBUT DE PREUVE

Serge avait raison, la semaine s'est écoulée dans le calme et la sérénité la plus complète.

Mo' était rasséréné, et ne s'inquiétait même plus du retour de Michel et de la disquette.

Serge ne ratait pas une occasion de me signaler qu'il ne s'était pas trompé quand j'avais le malheur de le croiser, au Club.

Les parents levaient les yeux au ciel dès que j'essayais de parler de cette histoire, alors je la fermais.

Et François lui, ne se gênait pas pour me traiter de beaucoup de noms qu'on ne trouve pas forcément dans les dictionnaires.

Alors qu'Edmée... elle se fichait éperdument de la boutique et de la disquette.

Finalement, elle était la seule à n'avoir jamais pris cette histoire au sérieux, et j'avoue que ça m'agaçait un peu.

Comme François était complètement amoureux d'Edmée, et d'après ce que j'avais cru en comprendre, cet amour était partagé, disquette ou pas disquette, il ne lâchait pas Edmée d'une semelle.

Mais je me doutais bien qu'il y aurait bien un moment où François et Edmée n'auraient plus besoin de l'alibi de la protection pour se voir.

En attendant, il leur fallait encore un prétexte.

Je les trouvais un peu idiots et compliqués, mais ça m'arrangeait bien.

J'étais le seul à croire encore à cette histoire de programme meurtrier.

Et j'avais le moral plutôt à zéro.

Même les bisous de ma blonde Nicole ne parvenaient pas à me tirer de ma déprime.

Au fur et à mesure que la semaine s'évidait comme un stupide écheveau, je me laissais entrainer à de noires pensées.

Je doutais de moi, et n'avais même plus envie de jouer avec Falkor, malgré l'insistance de Mo' et Serge.

Eux trouvaient que c'était rassurant de penser que le programme n'était qu'un jeu.

Moi, je restais persuadé du contraire.

Je savais bien que je n'avais pas déliré au clavier de Falkor.

Comme je traînais à la maison une mine triste et désabusée, Maman en a profité pour me mettre le grappin dessus.

On était samedi après-midi.

Altaïr et Viviane, mes meilleurs amis m'avaient proposé une balade à vélo, toujours en proie à ma morosité j'avais refusé, et préféré repousser au lendemain leur proposition de sortie.

J'errais mornement du salon à ma chambre, de ma chambre à la cuisine, un peu désemparé quand Maman m'a interpelé alors que je passais dans le couloir.

— Hé ! Tu n'avais pas des projets avec les jumeaux cet après-midi ?

J'ai poussé un soupir à fendre le cœur d'une pierre.

— Non... on sortira demain. Altaïr et Viv' ont compris que je n'avais pas trop la pêche.

— Oh... Et tu ne fais rien de spécial maintenant ?

— Boff... Non.

Ai-je répondu, machinalement.

Le visage de Maman s'est éclairé d'un sourire malicieux.

— Dis-donc, tu ne m'avais pas fait une promesse ? Tu n'as pas oublié quelque chose ?

J'ai cherché, en vain.

— Euh... Attends... Ma corvée poubelles, c'était hier, la vaisselle du petit-dèj', c'était ce matin et je l'ai faite et...

Et brusquement, je me suis souvenu.

— Mon portrait !

— Exact.

— Oh mais... euh... Tu n'as vraiment pas le temps !... Euh... tu ne voulais pas préparer un truc super pour ce soir à cause d'Edmée ?

Maman trouvait que François « rayonnait » depuis qu'il avait rencontré Edmée.

Elle disait qu'il avait souvent été amoureux, mais qu'il n'avait jamais rayonné, alors, elle était curieuse de connaître la jeune personne responsable de l'état de son fils aîné.

Edmée avait donc été invité à dîner chez nous.

Maman s'est mise à rire.

— Pas mal trouvé comme argument, mais c'est raté. Tout est prêt. La charlotte au chocolat est au freezer, la salade n'a plus qu'à être tournée, la blanquette mijote et le pâté de légumes refroidit.

J'ai poussé un petit sifflement admiratif.

— Eh ben ! Tu t'es surpassée ! C'est un menu de Réveillon...

Et puis, je me suis tû, parce que j'ai eu une impression bizarre, comme si je m'étais fugitivement souvenu de quelque chose. Mais cela avait été trop fugace, et je me creusais inutilement la cervelle.

Maman n'a pas perdu de temps à me laisser cogiter.

— Merci... mais pas la peine de prendre cet air évanescent. Mon chevalet et mes pinceaux t'attendent.

Je n'avais aucun moyen de me défiler... et aucun soutien familial à espérer.

Papa était parti avec des amis faire un billard, et François était au cinéma avec Edmée.

De toutes façons, je crois bien que même s'ils avaient été là, ils se seraient ralliés à Maman.

Je suis le seul à avoir échappé à de penibles séances de pose, pour l'expo', et Papa et François ne me l'ont pas vraiment pardonné.

J'ai poussé un gémissement.

— Tu me jures de ne pas me faire prendre une pose pas possible ?

— Promis.

Maman a tenu sa promesse. Enfin, presque.

Elle a hésité un instant entre m'installer sur mon lit dans ma chambre, et sur le rebord de la fenêtre de son atelier.

Elle a choisi son atelier.

Une grande pièce éclairée d'une immense fenêtre.

Elle m'a collé une B.D dans les mains, et s'est installée à son chevalet.

— C'est pas génialement confortable.

Elle a à peine daigné me répondre.

— Mais non.

A-t-elle marmonné.

— Je vais avoir un torticolis... Je ne lis jamais une B.D comme ça.

— Je ne te demande pas de la lire.

— Faire semblant, c'est pareil pour mon cou.

— Et si tu te taisais un peu ? Tu bouges la tête en parlant, et ça me gêne... Tu changes d'expression.

Vexé, je me suis enfermé dans un silence digne, l'observant du coin de l'œil manier avec célérité son pinceau.

Au bout d'un moment elle se mit à rire.

— Je ne t'ai quand même pas demandé de faire une tête d'enterrement ! Tu peux te redresser un peu si tu veux...

Ce que j'ai fait avec empressement.

— Ouf. Je commençais à avoir sacrément mal à la nuque.

Maman s'est approchée de moi, et m'a douce-

ment massé la nuque et les épaules pour me détendre.

— Je suis vraiment désolée pour ton cou, mon Rémi... mais je t'assure que c'est très joli comme mouvement. Cela rendra très bien sur le tableau.

— Oh, ça ira... à condition que tu ne mettes pas dix ans !

— Quelques heures, pas plus !

— Quand je pense que j'ai des copains qui se plaignent parce que leurs mères tricotent et les harcèlent pour de rapides essayages... Qu'est-ce-qu'ils diraient si elles étaient peintres, comme toi.

J'ai senti un léger baiser dans mes cheveux.

— Ce n'est pas la forme, n'est-ce-pas ?

J'ai sursauté.

— Qu'est-ce-que tu veux dire ?

— Oui, cette histoire de disquette, elle te tracasse beaucoup.

— Ben...

Je me suis tourné vers elle.

— Je suis sûr, M'man, je te jure, je suis sûr que ce n'est pas de la blague et qu'Edmée est vraiment en danger. Je ne sais pas pourquoi. Elle n'est pas une petite vieille à héritage, et elle n'a pas de mari jaloux ou d'amant éconduit et elle n'a jamais vu cette boutique... mais je sais qu'elle est en danger... Tu me crois, dis ?

La voix joyeuse de François qui l'appelait l'a empêchée de me répondre, et je crois bien que cela l'arrangeait.

Elle m'a tapoté la joue.

— Tu crois que c'est bien si je fais un thé ? Il est à peine cinq heures, c'est un peu tôt pour proposer un apéritif à Edmée, non ?

— Ouais... un thé, c'est bien. Ai-je murmuré.

Maman m'a pris gaiement par la taille et nous sommes allés au devant d'Edmée et François.

— Tu ne perds rien pour attendre, je finirai ton portrait.

M'a glissé Maman dans le creux de l'oreille juste en sortant de l'atelier.

Edmée et Maman avaient respectivement fait la conquête l'une de l'autre, et en étaient déjà aux prénoms.

Je gageais que Papa aussi succomberait au charme d'Edmée.

La conversation avait été très gaie, Edmée et François venaient de voir « Arsenic et Vieilles Dentelles » un vieux film américain très drôle, et j'avais presque oublié comment on avait fait la connaissance d'Edmée, et pourquoi François l'avait pistée comme un chien fidèle.

Edmée et François commentaient le film.

— Ces deux Mamies qui distribuaient si gentiment la dernière tisane aux petits vieux esseulés étaient vraiment trop mignonnes, conclut François.

— En tout cas, vous devez en connaître un rayon sur les drogues qui endorment ou qui tuent rapidement. Dit Maman d'un ton rêveur à Edmée.

— Hé tu as des projets ? Railla François.

— Oh, vous savez, Marie, pas tant que ça... C'est surtout dans les romans qu'on voit ce genre de trucs, l'arsenic dans le potage, le cyanure dans le bonbon... je crois que c'est plus difficile en réalité. Répondit doucement Edmée.

— Mhmh, je n'en doute pas... et c'est heureux. En tout cas, vous ne devez pas avoir de problèmes d'insomnies au moins... Vous avez tous les somnifères que vous voulez ! Ce serait le rêve de Géraldine, ça...

Géraldine était une amie de Maman qui, d'après ses propres dires, ne dormait jamais.

On se demandait comment elle faisait pour tenir debout, quand on l'écoutait.

Edmée a éclatée de rire.

— Oh mais non ! Les stocks de pharmacie sont très contrôlés, je ne pense pas que votre amie serait si heureuse si elle était à l'hôpital ! Moi par contre, j'ai une amie qui s'endort n'importe où... Enfin, elle m'a raconté un truc assez marrant qui ferait pâlir d'envie votre amie. Elle s'est endormie comme une masse dans la voiture de son mari, la semaine dernière. Ça ne lui était jamais arrivé avant... J'aurais voulu voir la tête de Gilles... euh, son mari... C'était drôle parce qu'elle était en pleine forme et voulait entraîner son mari dans une boîte de nuit, du coup, elle a passé ses jours de repos à la maison. Je m'en souviens bien, c'était un soir où l'on travaillait ensemble, et une malade nous avait offert des bonbons au chocolat praliné que j'avais refilé à Odile, et puis...

— Attends ! Tu veux dire que ta copine a mangé les bonbons qui t'ont été offert ?

L'ai-je brusquement interrompue.

Edmée a ouvert de grand yeux.

— Oui, mais quelle importance ?

— Mais... ça ne te paraît pas drôle qu'Odile se soit endormie juste après ?

— Écoute Rémi, tu ne crois pas que tu t'emballes encore ?

— Mais tu as toi-même parlé de bonbons au cyanure ?

— Écoute, la preuve que non puisqu'Odile n'est pas morte.

— Et la malade ?

— Elle est partie le lendemain.

— Tu vois !

— Rémi, tu es ridicule...

— Et puis, il n'y avait pas besoin de cyanure... Quand tu es de service l'après-midi, tu termines bien à vingt-trois heures ?

— Oui, et alors... De toutes façons, c'est rare. Au cours de mon stage, je n'ai que deux après-midis à faire...

— O.K... Mais tu es toujours en moto, pas vrai ?

— Oui, bien sûr sauf ces derniers jours à cause de...

— Laisse-moi terminer, tu veux... Et tu m'as bien dit que tu aimais la vitesse, et je parie que le soir tard, tu as plutôt tendance à appuyer sur le champignon ?

Edmée s'est légèrement troublée.

— Oui…

— Et si tu t'étais endormie tout d'un coup, tu n'aurais pas fait une chute qui t'aurais expédiée au cimetière ou au moins dans le coma ?

— Mais Rémi ! J'ai un casque !

Elle s'est brusquement mordue les lèvres.

— Oh Rémi… Je me souviens… justement, je ne l'avais pas, on me l'avait piqué dans l'après-midi et…

Elle nous a regardé d'un air angoissé.

Maman et François se taisaient, stupéfaits.

J'avoue que je n'étais pas mécontent de moi.

J'avais démarré au quart de tour en entendant Edmée parler de sa copine marmotte, mais j'avais senti que c'était important.

Tout de suite.

Je ne pensais pas avoir si bien deviné.

— Je suis sûr qu'on a essayé de te tuer, Edmée… c'est pas le moment de te laisser seule.

Ella a secoué farouchement la tête.

— Ce n'est pas possible ! Je ne veux pas y croire… c'est trop…

— En tout cas, moi je préviens Mo'. Faut qu'il contacte Michel dès qu'il arrive. Demain, il a dit. Il faut absolument remettre la main sur la disquette. N'empêche, il y en a un qui va faire une drôle de tête, c'est Serge !

Et sur ces fières paroles, laissant Edmée, François et Maman dans la perplexité la plus

— JE SUIS SÛR QU'ON A ESSAYÉ DE TE TUER... C'EST PAS LE MOMENT DE TE LAISSER SEULE.

totale, je suis allé téléphoner à Maurice et à Serge.

Tout content à l'avance de damer le pion à Serge.

Il commençait sacrément à m'embêter. Au moins, avec ce début de preuve, il serait obligé de me prendre au sérieux, et de me croire, vraiment.

A côté de lui, Saint Thomas qui pourtant à ce qu'on dit ne croyait que ce qu'il voyait passerait pour un Naïf et un crédule !

Manque de pot, j'ai dû remettre à plus tard ma petite victoire.

Mo' n'était pas chez lui.

En fait, j'aurais dû m'en douter.

Rituellement, le samedi, Maurice et Serge passaient la fin de l'après-midi et la soirée ensemble, en célibataires endurcis qu'ils étaient.

Je me suis promis de rappeler Mo' plus tard.

Je savais que tous les samedis, après le ciné ou le restaurant, Serge prenait un dernier verre avec son frère avant de rentrer chez lui.

Comme ça, j'étais sûr de les avoir tous les deux au bout du fil.

D'autant plus... il y avait un détail dont il m'avait semblé me souvenir en discutant avec Maman, et j'espérais que cela me reviendrait, avant d'avoir Mo' au téléphone.

C'était quand j'avais prononcé le mot « menu », mais vraiment, je ne savais plus à quoi cela me faisait penser...

Bah ! Cela me reviendrait bien !

UN AUTRE INDICE

Le dîner fut très gai.

A l'arrivée de Papa, Edmée était encore sous le choc causé par la découverte de la tentative de meurtre.

Papa arbore de temps à autre un air de Pierrot Lunaire évanescent tel qu'on pourrait le croire insensible aux choses de la terre.

En général, il prend cet air là pour annoncer qu'il est temps de faire un petit tour sur son fauteuil de dentiste.

En réalité, Papa est un joyeux boute-en-train.

Il a réussi à faire oublier à Edmée le danger qu'elle avait couru.

Pour un peu, il aurait balayé mes soupçons d'un simple jeu de mots.

Je préférais quand même rester prudent, et m'accrochais à mon idée.

Alors, on avait parlé d'autre chose, et Papa et Edmée avaient rivalisé dans le récit d'anecdotes médicales ou dentaires.

Et puis, Edmée a parlé de départ.

— Oh mais, il est à peine onze heures... C'est trop tôt. Demain, c'est dimanche. A plaidé François, soutenu par les parents.

Edmée nous a gratifié d'un sourire un peu contrit.

— Pas pour moi... je veux dire, je travaille de temps en temps comme aide-soignante dans le service de cardiologie où je suis en stage, et... c'est ce qui arrive demain.

François a légèrement blêmi.

— Et... Tu commences tôt ?

Edmée a hésité avant de répondre.

— Sept heures du matin. A-t-elle annoncé de sa voix claire.

— Oh mais, Edmée... il fallait le dire, on... on ne vous aurait pas retenue si tard... Vous allez être épuisée.

A compati Maman.

Edmée s'est mise à rire.

— Ne vous excusez pas, Marie... si les infirmières ne sortaient que lorsqu'elles peuvent dormir, elle ne se distrairaient presque jamais ! Vraiment, il n'est pas très tard... Et... je vous remercie pour cette soirée, c'était très agréable...

Pendant qu'Edmée et les parents se congratulaient respectivement sur le plaisir qu'ils avaient éprouvé à passer la soirée ensemble, j'observais François du coin de l'œil.

Il était blême.

Il avait été un garde du corps assidu et efficient toute la semaine, mais le dimanche, pour lui c'était sacré.

Et puis, il abhorre les réveils matinaux.

Il s'est débrouillé pour ne pas avoir un seul cours commençant avant dix heures du matin.

L'amour et la galanterie aidant, il avait réussi à vaincre sa haine du réveille-matin les jours précédents, mais je sentais bien que ce dimanche était de trop.

Edmée avait dû deviner ce qui se passait dans la tête de François.

— Oh mais, ne t'affole pas, ce n'est pas la peine de m'accompagner demain, j'irai en moto.

J'ai bondi.

— Ça va pas non ? Tu as déjà oublié le coup du bonbon ?

Edmée s'est troublée.

— Non... mais ton père...

J'ai jeté un regard hargneux à Papa.

D'accord, il avait détendu l'atmosphère, mais il m'avait saboté le travail. J'avais enfin commencé à convaincre Edmée qu'on voulait vraiment la tuer, et il avait éloigné ses inquiétudes en racontant une des histoires d'Hercule Poirot.

J'avais râlé à ce moment-là, mais pas trop, pour ne pas gâcher la soirée.

Mais la soirée était terminée, et la sécurité d'Edmée n'était pas à oublier.

Cependant François paraissait si catastrophé que je n'ai pas eu le coeur de le solliciter pour le lendemain matin.

— Papa a peut-être raison, je me trompe peut-être, j'ai beaucoup d'imagination, je sais ! Mais ta copine Odile, elle s'est bien endormie d'une façon bizarre, et c'était pas devant sa télé ! Moi, je préfère qu'on ne te laisse pas seule…

François a poussé un gémissement.

— Mais je ne pouvais pas avoir un petit frère normal au lieu de ça ! Ou une petite soeur, par exemple, c'est sympa, ça joue à la poupée…

Je l'ai interrompu.

— Pas la peine de t'affoler, tu n'auras pas à te lever demain, c'est moi qui accompagnerai Edmée à l'hosto.

Ils m'ont tous regardé comme si je venais de leur annoncer que j'avais volé la tour Eiffel, et qu'elle était dans ma poche.

— Toi ?!? Mais mon petit, si Edmée court vraiment un danger… enfin… le judo, c'est pas ton truc…

A commencé François.

— Pas la peine d'allusionner ! Je sais bien que si on nous menace d'un bazooka, je ne ferai pas le poids… Toi non plus d'ailleurs — Ai-je perfidement ajouté — Mais ce qui est important, je crois, c'est qu'Edmée ne soit pas seule… C'est pas un hasard si rien ne s'est passé cette semaine, c'est parce qu'on… tu étais avec elle. C'est comme ça, voilà ! Ai-je répliqué un peu sèchement.

François a éclaté de rire.

— Te vexe pas, le mioche ! Tu as peut-être raison, après tout… Et puis demain, si tout va bien, on aura cette disquette, et on sera plus au clair avec cette histoire… Au fait, je ne crois pas que le verbe allusionner existe.

— Eh bien, j'ai le droit de l'inventer ! De

toutes façons, je passe prendre Edmée chez elle demain à six heures, et toi tu la récupères dans l'après-midi, d'acc ?

Seul un soupir résigné m'a répondu.

Edmée s'est vivement penchée vers moi et m'a embrassé dans le cou.

— Tu es vraiment chic, Rémi. Mais tu n'avais pas d'autres projets ?

Penser à Altaïr et à Viviane, ainsi qu'à Nicole m'a empêché de trop rougir.

— Ben, une balade en vélo avec des copains... mais pas à six heures du matin, je te jure.

— Ta petite amie Nicole est au menu, demain ?

A persiflé François.

J'ai failli lui répondre une insulte bien sentie, les parents habitués à nos engueulades prenaient déjà un air très détaché et serein, quand brusquement, je me suis souvenu.

— Répète.

François a écarquillé les yeux de surprise.

— Hein ?

— Oui... Qu'est-ce-que tu viens de dire ?

Il s'est méfié.

— Euh... j'ai... incidemment parlé de ta petite copine...

— Non ! Tu as dit menu.

— Oui, bon et alors ?...

Tous m'ont considéré d'un air plus perplexe.

— Le type, tu sais, le patron du chauve, dans la boutique... Quand je l'ai interviewé, il a commencé par me dire qu'ils vendaient ou

faisaient des séries de menus, et puis, comme il a donné l'exemple d'un type dont la femme cuisinait d'une façon abominable, je n'ai pas fait gaffe.

— Et alors ?

A répété Papa, avant que François n'en ait eu le temps.

J'ai pris un air docte. Ils ont beau plutôt être intelligents dans la famille, vraiment l'informatique c'est pas leur rayon !

— Eh bien ! un menu, c'est une liste de choix possibles dans un programme, c'est tout !

Ce type il ne comprend rien à l'informatique sinon il n'aurait jamais dit ça. Une série de menus sans programme ça n'existe pas. Et j'ai pas l'impression que le dégarni, il entravait plus que son patron.

— Et à part ton écart de langage, qu'est-ce que cela prouve ? M'a tranquillement demandé Maman.

— Mais tout simplement qu'il y a quelqu'un d'autre qui a fait ce programme... et... on ne sait pas qui, ni pourquoi... Et puis, il y a encore un autre truc, lié aussi au menu... mais je ne sais plus... Ai-je terminé d'une voix plaintive.

Maman s'est mordillé les lèvres un instant puis m'a tapoté la joue.

— Tu as peut-être raison. Et peut-être que... c'est ton imagination qui galope encore. Vous verrez demain avec la disquette, avec Mo' et Serge... en attendant, vous êtes deux à vous lever très tôt et il est temps de se coucher, vous ne croyez pas ?

Edmée a aquiescé et s'est levée.

Pendant qu'Edmée et les parents se re-congratulaient, j'en ai profité pour passer un coup de fil à Mo'.

Je savais que Serge et Maurice prolongeaient tard leur soirée commune, et j'avais hâte de leur apprendre tout ce que j'avais découvert... ou du moins tout ce que je supposais.

***

Maxime raccrocha lentement le téléphone et se tourna vers Georges, l'air satisfait.

— Le patron a décidé. On passe à l'action demain.

Le visage de Georges s'éclaira.

— Enfin !... Euh... comment ?

— Rien d'autre que ce qui était prévu.

— Mais... la nana... euh c'est toujours le grand frère qui l'accompagne... Faut le buter aussi ?

— Non. Demain, c'est le môme.

— Bon... alors je vais me coucher, faut que je me lève tôt demain.

Maxime lui souhaita vaguement bonne nuit.

L'Autre lui avait paru inquiet, au bout du fil.

Il avait insisté sur le fait qu'il fallait absolument que le gosse meure.

Il avait dû se passer quelque chose.

Maxime Fernet espéra que le patron n'avait pas commis d'imprudence.

*
* *

Et si Maxime avait deviné la panique du patron, il aurait été lui aussi très inquiet.

Car justement, le patron avait commis une gaffe.

Une erreur idiote.

Il pensait que Rémi Gauthier ne s'était aperçu de rien.

Tant que seuls Maxime et Georges, ou même Lucienne avaient été en cause, il ne s'était pas inquiété.

Au pire, le trio aurait pu disparaître quelques mois, cela était déjà arrivé.

Mais lui, devait rester dans l'ombre.

Insoupçonnable.

Jusqu'à présent, il n'y avait eu rien à craindre.

Et voilà que ce satané gamin avait soupçonné l'existence du créateur du programme.

Et là, ça devenait dangereux... il pouvait se souvenir et comprendre.

Ce n'était qu'un risque infime, mais il n'avait pas l'intention de le courir.

Alors, malgré l'affection qu'il portait à Rémi Gauthier, le patron l'avait irrémédiablement condamné.

L'ACCIDENT

J'ai maudit mon réveil lorsqu'il a sonné.

Cinq heures et demie du matin !

Je crois que je ne me suis jamais levé aussi tôt de ma vie.

Enfin, une seule fois déjà. A cause d'Altaïr qui voulait absolument voir le soleil se lever sur la mer.

Mais c'étaient l'été et les vacances.

Alors qu'aujourd'hui point de romantique lever de soleil. Juste le froid de l'hiver et la nuit.

J'ai failli me renfouir sous les couvertures et oublier ma promesse, rester bien au chaud dans mon lit douillet, d'autant plus qu'un abominable cauchemar avait bousillé ma nuit.

Mais j'avais promis à Edmée d'être devant sa porte à six heures et quart, alors je ne me sentais pas le droit de me défiler.

Aprés tout, j'avais moi-même insisté pour prendre la relève de François, et lourdement encore !

Je n'avais pas prévu que le réveil serait si pénible, ni la nuit.

Je cauchemarde rarement.

Maman n'a pas eu trop à se déranger quand j'étais tout môme.

J'avoue que cette nuit, j'ai failli me pointer dans la chambre des parents, muni de mon oreiller et de ma trouille.

Je me suis fait une raison, et je suis resté dans ma chambre.

J'ai dû m'endormir vers cinq heures.

Avant, un monstrueux ordinateur essayait de m'avaler, je me sentais aspiré par l'écran, et je n'étais pas de force à résister. D'énormes doigts difformes tapaient sur le clavier l'ordre de m'exterminer.

J'essayais en vain de me rattraper à une touche et je suppliais Falkor de venir à mon aide.

Éprouvant !

J'ai fini par me lever, péniblement, et je me suis fait un thé, histoire de me réchauffer un peu.

Et je suis allé chez Edmée, enviant tous ceux qui dormaient en général, et ceux de la maison en particulier.

Je me suis rendu chez Edmée à pied.

Partant du principe que ce n'était pas la peine d'attendre le métro pour quelques stations. J'aurais été capable de m'écrouler sur un banc et m'endormir.

Alors, je comptais sur les vingt minutes de balade dans le froid glacial du matin pour me réveiller.

Je n'ai pas été déçu !

Jamais la rue Monge et l'avenue des Gobelins ne m'ont semblées si longues. Même si j'ai un peu coupé par les petites rues, la Place d'Italie paraissait stupidement s'éloigner pour me narguer.

Bref, j'étais à l'heure et frigorifié quand j'ai sonné à la porte d'Edmée.

La chaleur du hall d'entrée et de l'ascenseur n'avaient pas réussi à m'empêcher de claquer des dents.

Edmée a ouvert la porte au premier coup de sonnette.

— Rémi... tu es sûr que tu ne veux pas un baquet d'eau chaude pour te décongeler ? Entre vite.

— Trés drôle ! Ton humour me réchauffe le cœur. Bonjour quand même. Ai-je marmonné d'une traite.

Elle a refermé la porte derrière moi, et j'ai entendu un bizou sonore dans mon cou.

Hélas, j'étais trop glacé pour l'apprécier pleinement.

— Tu recommenceras quand j'aurai moins froid ?

— Bien sûr mon preux chevalier. Tu veux un café ?

— Ben... on a le temps ?

— Bien sûr, en moto, je suis en dix minutes à Saint-Louis.

Je n'ai pu m'empêcher de pâlir.

— Ah... On y va en moto ?

Edmée m'a lancé un coup d'œil surpris.

— Tu ne croyais pas que j'y allais à pied quand même ? Ou en métro ?

— Ben...

Je n'ai pas osé lui avouer que j'ai une peur panique en moto.

Je peux faire des milliers de kilomètres en vélo, mais vingt mètres en moto suffisent à me liquéfier complètement.

Faut dire que le seul souvenir que j'ai d'une moto, je le dois à François.

Il en eu une, quand il devait avoir quinze ou seize ans, et a voulu m'en faire profiter.

Résultat, le caniveau et dix point de suture.

Je ne suis plus jamais remonté sur ce genre d'engin, malgré les nombreuses sollicitations de François ou ses copains.

Alors, en entendant Edmée, je me sentais prêt à aller à l'abattoir.

— Tu es sûre que tu ne conduis pas trop vite ? Ai-je encore demandé.

Edmée s'est contentée de sourire.

— Mais non, rassure-toi. Il n'y a pas d'embouteillages, voilà tout. Allons, viens, sinon on va finir par réveiller les parents à discuter comme ça.

Elle m'a conduit dans la cuisine.

— Tu as mangé ?

— Je n'ai pas trop faim...

— C'est tôt pour toi... Tu es chic, Rémi.

— Oh, c'est rien... je n'aime pas trop le café... Tu aurais du thé ?

— Sans problème. J'ai du très bon Earl Grey.

Je l'ai regardée s'activer.

La voir ainsi calme et tranquille m'a détendu, et le cauchemar qui m'avait accompagné tout au long de ma route s'est un peu dissipé.

Je me suis laissé envahir par le confort douillet de la cuisine.

Je suis sûr que les parents d'Edmée s'entendraient bien avec les miens.

Les cuisines se ressemblent trop.

Chez nous, elle est de laque bleue, alors que chez Edmée, elle est vieux rose.

Et plein de bouquins sur les étagères, polars ou essais théoriques voisinant avec des pots de confiture.

Et des posters sur les murs.

Un endroit où il faisait bon se retrouver, entre amis ou en famille.

Je commençais un peu à sommeiller.

Edmée m'a tendu une tasse emplie de thé fleurant bon la bergamotte et une tartine de miel.

— Tu es certain de vouloir venir ? Tu sais... je crois que je ne risque rien... pas si tôt le matin, en tout cas. Tu pourrais t'allonger dans ma chambre.

J'ai vaillamment écarquillé les yeux pour les empêcher de papillonner.

— Pas question !

Et pourtant, qu'est-ce-que j'avais envie de me laisser aller.

Pour un peu, je me serais endormi sur ma chaise !

Mais j'avais un devoir à accomplir.

Cependant, je n'avais pas l'intention de me montrer téméraire.

— Euh... Tu ne conduiras pas trop vite ?

Edmée a plus ou moins — à mon avis moins — tenu sa promesse.

J'étais certain que si elle avait été seule, sa vitesse aurait été nettement supérieure.

Mais bon, j'étais là, solidement cramponné à elle, alors la Honda filait à une allure relativement modérée dans les rues désertes de Paris.

En fait, je supposais que les rues étaient désertes, parce que j'avais consciencieusement fermé les yeux juste aprés avoir posé les fesses sur la selle. Je décrispais simplement les paupières une fraction de seconde de temps à autre, pour m'assurer qu'elles n'étaient pas collées.

On était Place de la République, et Edmée a amorcé un virage qui m'a semblé excessivement serré, étant donné l'inclinaison de sa fichue moto, pour s'engager vers la rue du Faubourg du Temple.

— T'affole pas, c'est normal de pencher autant.

M'a rassuré Edmée.

J'avais dû la serrer encore plus fort que pendant le reste du trajet.

D'ailleurs, depuis que nous étions en route, elle n'avait cessé de me certifier que je n'avais rien à craindre.

Je n'avais pas franchement réussi à masquer ma peur.

ELLE VENAIT DU BOULEVARD VOLTAIRE ET FONÇAIT DROIT SUR NOUS.

Enfin, rasséréné, j'allais refermer les yeux quand je l'ai vue.

Je ne sais vraiment pas pourquoi j'ai tourné la tête à ce moment là.

Peut-être tout simplement parce que j'avais déjà une joue écrasée contre le dos d'Edmée, et que je voulais équilibrer l'écrabouillement.

En tout cas, un poil d'éléphant près, et on bénéficiait d'un aller simple pour le Paradis.

Elle venait du Boulevard Voltaire et fonçait droit sur nous.

Il était sept heures moins le quart du matin.

Autant de monde à République qu'au sommet de l'Hymalaya.

Le dimanche, les gens dorment.

Sauf Edmée, moi, et le conducteur de la camionnette.

Par bonheur Edmée a de sacrés réflexes.

Ça ne devait pas vraiment être notre heure.

Ou alors, il y a un Dieu quelque part.

En tout cas, Edmée a freiné pile quand j'ai hurlé comme un malade.

On a eu droit à un dérapage pas du tout contrôlé, même si Edmée a réussi à amortir le choc et on s'est cassé la figure en beauté.

La Honda est tombée à moins de cinquante centimètres de la camionnette qui a continué sa course folle vers le Boulevard Magenta.

J'étais trop sonné pour songer à relever le numéro du fourgon.

— Rémi, ça va ?

La voix d'Edmée tremblait.

— Oui... je crois que je suis entier... Et toi ?

— Aussi.

Elle s'est relevée lentement, a redressé la Honda et a regardé en direction du fourgon disparu, l'air furieux.

— Le sale con !

Puis, elle m'a fait un petit sourire, mais elle était pâle et ses yeux gris avaient perdu leur sérénité.

— Le salaud ! Tu as toujours des abrutis qui se croient seuls et se permettent de brûler les feux... Mais Bon Dieu ! On était visible, pourtant !

Je me suis mis debout, à mon tour.

M'apercevant à mon grand dépit, que je n'étais pas aussi indemne que je l'avais cru.

Mon genou droit me faisait horriblement mal.

En l'occurrence, ce n'était pas le plus important, il me fallait ôter ses illusions à Edmée.

— C'était pas un accident...

— Oh ! Arrête tes salades Rémi ! Mais tu es blessé mon vieux...

— Tu verras après ! Écoute-moi. Le type du fourgon, c'était le dégarni du magasin...

— C'était un chauffard, c'est tout !

— Ben voyons ! Comme par hasard, il a

foncé sur nous, histoire de se brûler un petit feu rouge à sept heures du matin. Un dimanche... T'en connais des boîtes qui travaillent le dimanche ? Et puis, une camionnette pour charger des disquettes, c'est un peu gros, ma vieille ! Surtout qu'ils ont un peu de clients... Bien sûr, ce ne sont que des coïncidences !

— Rémi... ne te fâche pas... Je... Tu t'es peut-être trompé.

Après tout, tu as à peine eu le temps d'apercevoir le conducteur...

— Oh, Edmée, je te jure ! Je sais qu'il fait sombre, que je n'ai eu qu'une fraction de seconde, mais ce chauve, je pourrais te le décrire de mémoire et les yeux fermés... Et... J'avais les yeux ouverts quand cette saleté de fourgon a foncé sur nous... j'ai vraiment regardé, c'était lui, Edmée... C'était lui. Et... tu te souviens, sur le programme, il y avait une heure d'indiquée, sept heures... ça fait quand même beaucoup de coïncidences, tu ne crois pas ?

Elle m'a regardé longuement, puis elle a rabattu d'un geste brusque la visière de son casque.

Enfin elle me croyait, vraiment.

— Oh, Rémi ! Pourquoi ?

A cela, je ne pouvais répondre.

***

Georges Valmont se défoula en lançant une bordée d'injures à l'adresse d'Edmée Villequier et de Rémi Gauthier qu'il distingua encore pendant quelques secondes dans son rétroviseur.

Dire qu'il avait tout combiné.

Il s'était posté au bon endroit, idéal pour voir la Honda, et assez loin du feu pour démarrer quand il le fallait.

Par chance, le feu était vert pour la moto, et Georges n'avait eu qu'à lancer plein gaz la fourgonnette vers elle.

Hélas, ce satané programme n'avait pas prévu l'excellence des réflexes d'Edmée Villequier.

Elle avait évité la camionnette presque miraculeusement et était tombée juste sur le côté.

Bien sûr, si elle avait basculé devant, il n'y aurait pas eu de problèmes, Georges n'aurait pas hésité une seconde a passer dessus.

Mais là, il aurait fallu faire quelques manœuvres qui auraient nettement amoindri la puissance du fourgon, et pris du temps.

Alors, Georges avait simplement continué tout droit.

Déplorant la chance insensée de la jeune fille et du gamin, et s'inquiètant par avance de la réaction de Maxime et du patron.

A juste titre, d'ailleurs, car tout était à recommencer.

Et Georges Valmont savait qu'il n'aurait de paix que lorsqu'il lirait le nom d'Edmée Villequier dans la rubrique nécrologique d'un journal.

Le sort de Rémi Gauthier lui importait autant.

Pas par superstition, mais par vengeance.

Georges Valmont était persuadé que si la jeune fille s'en était tirée cette fois-ci, c'était à cause du gamin.

Il lui semblait avoir surpris son regard effrayé en direction de la fourgonnette.

Georges Valmont gara simplement la camionnette près de la gare de l'Est, laissant à la police le soin de la découvrir ultérieurement, récupéra sa propre voiture et songea avec tristesse qu'il allait devoir affronter Maxime et sa colère.

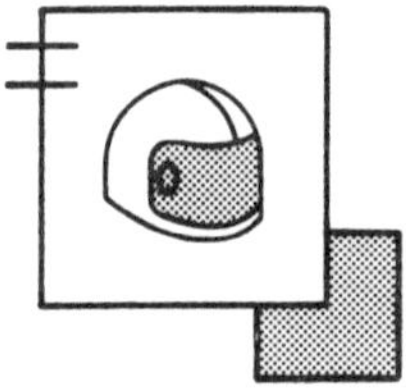

LE MOBILE

Bien qu'Edmée ait tout de même réussi à nous faire tomber en souplesse, le bitume des rues de Paris n'en est pas plus moelleux.

Mon genou en a fait la dure expérience.

Ainsi que mon jean' déchiré et dégouttant de sang.

Je voulais rentrer chez moi, mais Edmée n'a pas voulu me lâcher dans la nature dans cet état et m'a forcé à la suivre dans son service.

Elle n'a pas eu à insister trop longtemps.

Je commençais à accuser le choc et je tremblais comme une feuille.

— Je jure que je ne reposerai jamais les fesses sur une moto.

Ai-je marmonné d'une voix plaintive.

Après l'accident, Edmée avait consenti à conduire à une allure d'escargot sénile qui me rassurait à peu près.

— Tu exagères ! Je n'étais jamais tombée avant… enfin, pas comme ça.

— Oui, ben, de toute façon, la moto, ça ne me réussit guère !

De râler un peu, ça m'a calmé.

Edmée m'a mené dans une infirmerie et m'a fait un pansement.

J'ai un peu serré les dents parce que c'était assez douloureux, et que le désinfectant piquait comme si une armée de fourmis rouges était montée à l'assaut de mon genou.

Mais j'ai ma fierté, et je ne voulais pas me montrer douillet.

Une infirmière nous a proposé un café.

— Merci, Véro... Euh, si tu peux faire un thé pour Rémi ?

La dénommée Véro m'a gratifié d'un large sourire.

— Bien sûr. Sans problème !

— Merci.

Ai-je faiblement murmuré.

— Avant ce matin, je trouvais toute cette histoire un peu follingue.

Mais maintenant...

— Aïe !

— Oh pardon ! Je t'ai fait mal ?

— C'est rien, ça m'a échappé... continue.

J'étais un peu honteux d'avoir gémi ainsi, parce qu'Edmée avait les mains très douces, et ce n'était vraiment pas sa faute si ce maudit désinfectant était particulièrement corrosif.

— Tu crois que je ne vais pas déranger ?

— Comment ?

— Ben oui, à prendre le thé ici. Vous avez peut-être des trucs à faire ?

— Pas si tôt. Le dimanche, c'est un peu plus tranquille. On laisse les malades dormir plus longtemps.

— Ah. Bon.
— C'est fini. Tu peux te rhabiller.
Je me suis empressé de renfiler mon Jean'.
Je ne me sentais pas franchement à l'aise en pull et petit caleçon face à Edmée.
Elle n'était pas n'importe quelle future infirmière.
Elle était surtout la petite amie de François.
— Merci.
— C'est à moi de te remercier. Sans toi... Je serais peut-être à la morgue...
Elle s'est détournée et a commencé à nettoyer les instruments qu'elle avait utilisés pour faire le pansement.
Véro' nous a appelé pour le café et le thé.
Edmée m'a pris par les épaules et nous avons rejoint sa collègue dans la salle de repos des infirmières.
— Oh Rémi ! Si seulement je comprenais... A murmuré Edmée juste avant d'entrer dans la petite pièce.
Edmée avait la mine sombre et soucieuse.
Plongée dans ses pensées, elle ne pipait mot.
Moi, je sirotais mon thé en silence.
Véronique était auprès d'un malade qui avait sonné.
Edmée avait voulu répondre à l'appel du patient, mais sa collègue l'en avait dissuadée.
— Ne bouge pas, ma petite fille — Véro avait quarante-cinq ans et trois enfants, m'avait soufflé Edmée — Tu n'es pas encore remise de

tes émotions et ce poussin non plus. Buvez tranquillement votre café et votre thé.

Donc, le poussin terminait son thé lorsqu'il a eu illumination.

Grâce à Véronique d'ailleurs.

— Et puis, ne t'inquiète pas, c'est juste monsieur Darel. Tu sais bien qu'il sonne simplement pour vérifier qu'on est là... et qu'on peut papoter un peu avec lui avant de commencer le boulot.

C'était ce qu'avait dit l'infirmière avant de répondre au coup de sonnette.

Et moi, j'avais gambergé.

Et ça m'est venu presque naturellement.

Comme une évidence.

Cela n'avait peut-être aucun rapport, mais je sentais que je devais poser la question à Edmée.

Parce qu'il me semblait que cela pourrait tout expliquer.

C'est peut-être ça, l'intuition ?

— Dis, Edmée... Comment il est mort le vieux monsieur ?

Le regard d'Edmée a quitté le bout de ses chaussures pour se poser sur moi.

— Qui ?

— Ben... Tu te souviens, le premier soir où l'on s'est rencontré... enfin, tu avais parlé d'un vieux monsieur que tu aimais bien et qui venait de mourir dans ton service...

— Mais Rémi, c'était juste un accident cardiaque... une mort naturelle... rien de... Oh non !

— RÉMI ! JE SUIS UNE IDIOTE ! JE CROIS QUE J'AI ASSISTÉ À UN MEURTRE ET QUE JE N'AI RIEN COMPRIS.

Ella a blêmi, devenant brusquement aussi blanche qu'une première neige.

J'ai cru qu'elle allait s'évanouir.

— Edmée ! Que...

— Rémi... tu arriverais à me décrire ton fameux dégarni ?

— Euh ben... oui... Il est assez grand, pas autant que François, mais presque. Et très massif, pas mou. Gros, mais nerveux. Un nez droit et des yeux clairs, assez petits, et ça faisait un drôle d'effet parce qu'il avait des sourcils très épais et pas un seul cheveu sur le crâne. Il n'avait vraiment pas l'air très engageant pour un vendeur. Même plutôt patibulaire. Pas le genre de type que tu es content de croiser le soir dans une rue déserte... ou le matin au volant d'un fourgon.

Edmée a passé nerveusement sa main sur son front, démêlant quelques mèches brunes aux doux reflets.

— Rémi ! Je suis une idiote ! Je crois que j'ai assisté à un meurtre et que je n'ai rien compris.

J'ai dégluti péniblement.

Je n'osais pas encore croire qu'on avait enfin le mobile des tentatives d'assassinat sur Edmée.

— C'est pas possible... Euh, maintenant c'est la tienne d'imagination qui galope... on va croire que je t'ai contaminée... enfin un crime c'est autre chose que de marcher sur le pied de quelqu'un... Je veux dire... tu t'en serais rendue compte...

Elle a hoché la tête et a reniflé tristement.

— Pas forcément... Dans les romans policiers, tu as plein de gens qui avalent de l'arsenic toutes les trois pages... Là, c'était un peu différent mais... Tu sais, ce vieux monsieur était très riche. Il avait le cœur bien épuisé, et comme il préférait les hôpitaux aux cliniques, il est venu ici. Les toubibs l'ont remis d'aplomb, et il aurait pu vivoter avec ce cœur-là pendant quelques années encore, en étant bien suivi. Il devait bientôt sortir...

Et puis, une nuit, plus rien.

La mort.

Cela n'avait vraiment surpris personne, Rémi.

Ce sont des choses qui arrivent.

Tout va bien, l'électro est correct, le bilan sanguin aussi, on parle de convalescence, de sortie, et puis, la mort... et l'on ne s'étonne même pas.

Des larmes perlaient aux coins des yeux d'Edmée pendant qu'elle parlait d'une voix émue.

— Ce matin-là, il y a quinze jours, j'étais arrivée un peu en avance dans le service... c'était aussi un dimanche. Il y avait deux infirmiers, Jean qui travaille ici tout le temps, et puis un autre que je ne connaissais pas. C'est l'autre qui m'a annoncé la mort du vieil homme. Il avait déjà prévenu l'interne de garde, tout était fait... et... j'aimais bien ce malade... Alors, tu sais, quand je suis triste ou inquiète, il faut que j'occupe mes mains. J'ai tout simplement vidé une poubelle. C'est idiot, n'est-ce-pas ? Et comme j'étais énervée, j'ai été maladroite, et je l'ai renversée. Le sac s'est ouvert. J'ai remarqué une grande quantité d'ampoules d'Isuprel. C'est un médicament assez employé en cardiologie, mais comme souvent, le surdosage en est très dangereux... surtout pour un vieillard. De voir un stock pareil, ça m'a étonnée parce que justement, à ce moment-là, on n'en utilisait pas trop. L'infirmier m'a expliqué qu'il avait laissé tomber une boîte et que les ampoules s'étaient cassées... et je n'ai plus fait attention...

— Et alors ? Moi aussi, je casse des trucs parfois !

— Oh, Rémi... Tu ne comprends pas ? Cet infirmier, c'était un intérimaire... enfin, un type qui faisait juste une nuit. L'hôpital en emploie souvent pour remplacer le personnel. Il m'avait vraiment regardé d'un sale œil quand je lui ai demandé pourquoi il y avait toutes ces ampoules... Son regard m'avait filé la trouille, mais il y avait du boulot et je n'y ai plus pensé et... ton dégarni...

Mon cœur s'était pris pour une boule de Flipper pendant que j'écoutais le récit d'Edmée.

C'était presque trop beau... je devinais ce qu'elle allait encore m'apprendre.

— Eh bien, je me trompe peut-être... mais c'est dingue ce que ton vendeur peut ressembler à cet infirmier.

— Tu... tu es sûre ?

— Ou alors, c'est son frère jumeau.

— Ben, il a pas la tête à avoir un jumeau ! Un exemplaire suffit.

Un léger sourire a éclairé le visage tendu d'Edmée.

— C'est bête, n'est-ce-pas ? Agatha Christie aurait pu appeler mon histoire, le Témoin Ignorant... Je suis une gourde !

— Écoute, tu ne peux tout de même pas penser à un crime chaque fois que quelqu'un meurt ! Tu l'as dit toi-même.

— En tout cas, au moins, je sais pourquoi on veut me tuer.

— Justement ! Je vais prévenir les flics... tu es en sécurité ici... enfin, n'accepte aucun bonbon... François vient te chercher cet après-midi. Je lui expliquerai. Euh... à moins qu'on ne prévienne la police tout de suite, ce serait peut-être plus prudent ?...

Cette fois, Edmée a éclaté de rire.

— Ne t'inquiète pas, je ne crains rien ici... Il vaut mieux éviter une invasion de flics... et je promets que je ne toucherai à aucun bonbon ! Même au chocolat noir.

— O.K. Mais tu ne pars pas avant que François ne soit venu, d'accord ?

Edmée a sentencieusement levé la main.

— Juré, chef.

— Bon. Je rentre et je m'occupe de tout... Tu sais, je crois qu'on a affaire à une sacrée organisation...

Comme Véronique revenait, je suis parti.

Edmée et elle avaient du travail, et j'avais des choses plus importantes à faire que de m'incruster et les gêner.

J'allais enfin être crédible chez les flics.

*
**

Comme Georges Valmont l'avait prévu, Maxime avait piqué une colère noire en apprenant ce nouvel échec.

Puis il s'est résolu à appeler le patron.

Il y avait eu entr'eux une très longue discussion, et Maxime avait raccroché, l'air anormalement inquiet.

— Faut qu'on s'organise des alibis. Tous les trois. Il veut s'occuper lui-même du gosse. Il pense qu'on est déjà assez mouillés là-dedans, et qu'il se débrouillera mieux s'il agit seul... C'est bien la première fois...

— Et Edmée Villequier ?

Questionna Georges, obsédé par le treizième contrat.

— Il s'en occupe aussi. Il pense la convaincre que le môme l'a entraînée dans son délire.

— Ce n'est pas un peu risqué après... ce matin ?

— Il pense que non... Et puis, au cas où ça ne marcherait pas comme il le veut, on pourrait se mettre au vert. Après tout, on a bien mérité quelques vacances, non ?

— Je préfèrerais quand même que cette fille et ce gosse soient morts et enterrés.

Déclara Georges d'un ton maussade.

— En principe, pour le gosse cela ne saurait tarder, quant à la fille, cela peut toujours se faire. Pour notre sécurité.

Conclut sombrement Maxime.

*
**

Pendant que Rémi Gauthier rentrait tranquillement chez lui, heureux d'avoir enfin découvert le mobile des assassins d'Edmée, et persuadé que cette histoire allait enfin se terminer, le patron, lui, organisait le meurtre du jeune garçon.

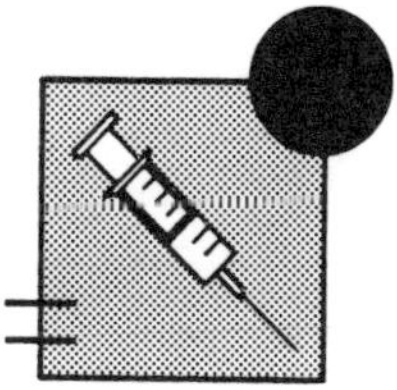

L'ABRI IDÉAL

J'avais fait le grandiose projet d'avertir François, la police et Mo'.

Comme je déteste les changements de métro en général, et le dimanche en particulier à cause de la longueur de l'attente, j'ai débarqué à Austerlitz.

Et je suis rentré chez moi, pédestrement, à partir de la gare.

Je n'aurais pas dû.

Le trajet n'est pas très long ; en passant par la Mosquée, je suis rapidement rue Monge.

En temps normal.

C'est-à-dire quand je n'ai pas un genou en compote.

Je me suis mis à boiter lamentablement après avoir marché pendant à peine cent mètres.

Assis dans le métro — les habituelles armées de femmes enceintes ou de petits vieux se réservant d'envahir les wagons en semaine — j'avais complètement oublié mon genou.

Hélas, dans la rue, il s'est rappelé lui-même à mon bon souvenir.

J'étais crevé en arrivant à la maison.

Tout le monde dormait.

Après tout, il était à peine neuf heures du matin.

Je n'ai pas osé réveiller François.

Pour lui, le dimanche, l'aube se lève à midi.

Et puis, au fond, il n'y avait rien d'urgent. Edmée était à l'hosto en sécurité, et j'étais chez moi avec une douleur lancinante au genou.

J'ai pris un comprimé d'aspirine, viré mon pantalon déchiré, vaguement désinfecté à nouveau ma blessure qui avait encore saigné.

Et enfin, je me suis affalé sur mon lit pour m'endormir du sommeil du juste.

***

L'homme hésita un peu.

Il avait été très affirmatif au téléphone en conversant avec Maxime, mais à présent, il se sentait un peu désemparé.

Il savait qu'il ne pouvait faire autrement que tuer Rémi Gauthier.

Il avait pourtant honnêtement essayé de ne pas arriver à cette extrémité, mais au fond, il avait toujours su qu'elle était inéluctable.

Il se maudit à nouveau d'avoir commis cette stupide erreur d'inattention à côté de laquelle la crainte superstitieuse de Georges n'était que bagatelle.

Bien sûr, si au début Georges ne s'était pas affolé en voyant Edmée Villequier renverser les ampoules, ils n'en seraient pas là... Ou si au moins Lucienne Damier avait réussi avec les bonbons... il n'aurait pas été obligé de refaire un autre programme pour éliminer Edmée Villequier... et Rémi ne l'aurait pas subtilisé.

Mais hélas, et il était inutile de revenir en arrière, tout s'était mal passé, et malgré toutes les précautions prises, il risquait d'être découvert.

Tôt ou tard, Rémi se rendrait compte, se souviendrait de sa bévue et alors...

L'homme frissonna en pensant à la prison.

Il lui répugnait de tuer lui-même, mais sa liberté en dépendait.

Jusqu'à présent, tout avait été parfait.

Son association avec Maxime remontait déjà à deux années.

Maxime Fernet et lui étaient des amis d'enfance, et il avait toujours su le métier de Maxime.

Et puis, un jour, ils avaient discuté des difficultés de commettre un crime bien propre, voire le crime parfait.

Celui qui aurait permis à n'importe qui, suffisamment riche pour payer le prix fort, de profiter des services d'un tueur sans être inquiété.

Alors, il avait pensé à l'informatique et en avait parlé à Maxime, sur le ton de la plaisanterie.

Maxime avait justement un contrat délicat, et il avait sauté sur l'occasion pour lui demander un programme.

Le contrat avait été parfaitement exécuté, et l'association avait démarré.

Au bout du troisième contrat, ils avaient ouvert cette boutique, comme couverture.

Et voilà qu'un jour... Rémi Gauthier y était entré.

L'homme poussa un profond soupir.

Sans cette erreur due à une seconde de distraction, il aurait pu laisser les choses telles quelles.

Même si le petit garçon avait deviné qu'il y avait un informaticien avec les deux vendeurs de la boutique, il n'aurait jamais pensé à lui.

L'homme s'était débrouillé pour inventer un suspect.

Le meilleur de tous.

Mais voilà... il avait fait cette erreur, et son beau plan ne servait à rien.

Il se décida enfin et décrocha le téléphone.

*
* *

J'ai émergé à deux heures de l'après-midi.

Sur la table de nuit, un petit mot de François me confirmait qu'après son émission, il passait chercher Edmée.

Pas de soucis à se faire de ce côté-là, elle lui expliquerait tout.

Par expérience, je préfère éviter de déranger mon frère pendant une de ses émissions, aussi ai-je préféré m'abstenir.

Et puis, au point où on en était, qu'il sache tout une heure plus tôt ou plus tard n'avait guère d'importance.

J'avais faim.

Dans la cuisine m'attendait un message des parents.

C'est fou ce qu'on s'écrit dans la famille.

Partis au Louvre.

Un dimanche ! On n'a pas idée !

Ils m'ont eu une fois.

On avait reçu un lointain cousin qui voulait absolument voir La Joconde. Comme il ne restait que le week-end, je n'ai pas pu me défiler. François avait une importante émission, Papa un concours de billard, Maman un tableau à terminer, et moi rien, sinon à aller au Louvre.

Il est revenu vite fait le cousin, fatigué de ne voir que le dos des curieux agglutinés à la vitrine qui protège La Joconde.

Au bas du message, un post-scriptum.

Mo' avait appelé et je devais absolument lui téléphoner.

Il avait peut-être enfin mis la main sur la disquette ?

J'avais vraiment trop faim.

Alors, j'ai remis le coup de fil à plus tard et me suis préparé un lunch digne de l'Ogre du Petit Poucet.

Une fois rassasié, j'ai pris le Bottin et j'ai commencé à chercher le numéro du commissariat.

Et puis, j'ai changé d'avis.

En fait, je n'avais pas très envie de parler à des policiers. Je ne savais pas trop comment m'y prendre.

J'avais peur qu'on me traite de petit plaisantin... après tout, je ne suis qu'un gosse né un premier avril.

Et Mo' m'avait demandé de le joindre... il avait toujours été de bon conseil, et il avait déjà eu affaire aux flics.

Et s'il avait récupéré la disquette, ce serait une preuve supplémentaire que le témoignage d'Edmée étayerait.

Par ailleurs, je ne me sentais pas excessivement en bonne forme.

La même cauchemar avait par moments troublé mon sommeil.

J'ai appelé Mo'.

C'était la meilleure solution.

— Mo' ? C'est Rémi.

— Eh bien ! C'est à cette heure que tu appelles ? J'ai téléphoné à dix heures, tes parents ne te l'ont pas dit ? Et puis un peu plus tard aussi. Deux fois.

Je me suis senti un peu confus. Je n'avais rien entendu.

— Je dormais... Je viens de me réveiller... Les parents sont partis au Louvre et ils m'ont laissé un message.

— T'en as écrasé, dis-donc ! Écoute, j'ai une

bonne nouvelle à t'annoncer... Michel est revenu, et il avait bien la disquette. Je l'ai !

— Génial ! Mais moi aussi j'ai quelque chose de nouveau. On a essayé de tuer Edmée ce matin, et je crois qu'on a découvert pourquoi.

— Quoi ?!?

— On a tué un petit vieux dans son service et elle pense que c'est le dégarni du magasin. Il s'était fait passer pour un infirmier.

Un long silence au bout du fil.

— Écoute Rémi, c'est très grave... Je crois que je comprends ce qui se trame... J'ai fait une petite enquête... Tu sais ce que signifie le mot « sicaire » ?

— Non. On joue aux devinettes ou quoi ?

Puis j'ai réfléchi un peu.

— C'est pas le nom du propriétaire de la boutique, ça ? Robert Sicaire ?

— Exact. Tu as une bonne mémoire. Eh bien, sicaire, c'est un synonyme de tueur. Je crois que dans ce magasin, on invente des programmes pour tuer les gens en se servant des données de leur vie quotidienne.

— Oh... je vois... Tu veux dire que c'est normal qu'un cardiaque meure d'une crise ?

— Voilà, tu as tout compris...

— Et qu'une motarde ait un accident...

— Oui. Écoute, Rémi... je ne veux surtout pas dramatiser, mais je crois que toi aussi, tu es en danger.

— Moi ? Mais...

— D'abord à cause du vol de la disquette...

— Je l'attendais celle-là !

— Et surtout, parce que tu as été témoin de la tentative de meurtre, puisqu'il faut l'appeler ainsi, contre Edmée.

— Oh mais... C'est surtout Edmée qui était visée, moi c'est juste parce que je l'accompagnais que... et... Tu crois ?

Ma voix m'a semblé excessivement faible.

— Oui. Où est Edmée, en ce moment ?

— En sécurité, à l'hôpital. François passe la prendre à quinze heures... dans pas longtemps.

— Bien. Écoute, ne t'affole pas, mais je crois vraiment que tu es en danger. La camionnette vous a ratés, alors, ils essaieront autre chose. Edmée est protégée, mais pas toi. Et convaincre la police peut me prendre beaucoup de temps, et tu risques gros... Je pense que je vais demander à Edmée et François de m'accompagner. Seul, mon témoignage n'a aucune valeur... Tu sais que les policiers me prennent pour un mauvais plaisant.

— Et moi alors ? Je peux témoigner !

— Rémi... Tu as douze ans... Tu n'aurais pas téléphoné si...

J'ai poussé un soupir résigné.

— O.K. Ne te fatigue pas, j'ai compris... je ne suis qu'un gosse ! Euh... François ou Edmée ont peut-être appelé les flics, eux ?

J'ai abandonné cet espoir juste après avoir prononcé cette phrase.

François devait être en pleine émission, et Edmée sachant qu'il venait tout de suite après n'avait pas dû l'appeler. Si elle avait eu le temps d'y penser, à cause de son boulot.

LA CAMIONNETTE VOUS A RATÉS, ALORS, ILS ESSAIERONT AUTRE CHOSE. EDMÉE EST PROTÉGÉE, MAIS PAS TOI.

— Je vais vérifier, mais... J'ai peur pour toi, Rémi.

Franchement, moi aussi je commençais à avoir peur, et les paroles de Mo' ne me rassuraient guère.

— Qu'est-ce-que je peux faire ?

— Si tu allais au local ?

— Au local ? Tu veux dire au Club ?

— Mais oui ! Ceux qui te cherchent... je suis sûr qu'ils vont essayer de te tuer, ne savent pas que tu fais partie d'un Club de Micro.

— Tu as peut-être raison, mais tu crois que...

— Je t'y rejoindrai très vite, avec la police.

— Mais ils ne peuvent pas connaître mon adresse, tout de même !

— Tu m'as bien dit que tu t'étais présenté en entrant dans la boutique ?

— Euh... je n'ai pas dit mon nom... Juste que j'étais reporter d'une radio-libre et...

— Ils n'ont qu'à téléphoner à toutes, prétexter qu'ils ont un renseignement à te communiquer, et le tour est joué. Ils arriveront forcément à Radio-Marmotte... et à toi.

Mon coeur s'est mis à battre un peu plus vite.

— Oh... je n'y avais pas pensé... je...

— Bon, pas la peine de t'affoler, ce n'est qu'une supposition.

— Je crois que tu as raison... je vais aller au Club.

— Bien. Moi je m'occupe de la police.

— Tu viendras vite ?

— Promis. Hem... Rémi ?

— Oui, quoi ?

— Ne laisse pas de message... enfin, je veux dire... Si jamais ces gens parvenaient à découvrir ton adresse, entraient chez toi...

— Pas la peine de me faire un dessin. J'ai compris.

— Parfait... De toutes façons, je suis sûr que tout sera terminé avant que tes parents ne soient de retour.

— J'espère... N'empêche, j'avais raison !

— A quel sujet ?

— Ben... que les deux mecs de la boutique n'étaient pas seuls. Que quelqu'un faisait les programmes.

— Oui... A tout à l'heure, alors et... Fais gaffe.

J'étais loin d'être joyeux quand j'ai raccroché.

J'ai pris mon vélo, et ignorant superbement mon genou douloureux, j'ai filé vers le Club.

Par chance, Maurice me laissait souvent un double des clefs, parce que j'ouvrais de temps en temps le Club lorsque lui ou Serge avaient un retard dû a des corrections de copies, ou à une séance de cinéma.

***

L'homme jeta un coup d'œil à sa montre.

Il avait intérêt à s'activer s'il ne voulait pas être en retard à son rendez-vous.

Bien sûr, les deux jeunes gens avaient été surpris de sa proposition, mais cela, il l'avait prévu, ainsi que les arguments qui avaient eu raison de leur hésitation.

A présent, il fallait jouer serré, et ne plus commettre une seule erreur.

A priori, tout devrait bien se passer.

Une fois qu'il aurait convaincu les jeunes gens, il pourrait alors passer à la seconde partie de son plan.

La plus désagréable.

Tuer Rémi Gauthier.

Mais après tout, c'était la mort de l'enfant ou de nombreuses années en prison pour lui et ses complices.

Il y avait suffisamment longuement et mûrement réfléchi.

Et il avait choisi.

ANGOISSE

En arrivant au Club, j'ai planqué mon vélo, et je me suis assis au clavier de mon vieux Falkor.

Au départ, surtout pour reposer mon genou qui avait failli m'abandonner traîtreusement au cours du trajet.

Je me demande comment j'aurais fait pour pédaler d'une jambe !

Et puis, j'ai pris une disquette vierge et j'ai commencé à pianoter pour tromper mon attente.

J'espérais que Mo' ne mettrait pas trop de temps à faire tout ce qu'il avait projeté.

Mais les flics seraient peut-être difficiles à convaincre, malgré la disquette… et le témoignage d'Edmée…

*
* *

L'homme n'avait plus que quelques mètres à parcourir pour être auprès d'eux.

Il se convainquit à nouveau que son argumentation était parfaite.

Et puis, au fond, il ne s'agissait que de gagner du temps, parer au plus pressé, c'est à dire éliminer Rémi Gauthier.

Pour le couple, ils avaient un peu plus de temps devant eux.

Malgré les constantes inquiétudes de Georges, Edmée Villequier n'était plus l'urgence.

Finalement, l'homme se disait qu'à présent tout allait dépendre de lui et de son habileté à dénouer la situation.

Maintenant qu'il avait choisi l'argent et la liberté, il avait à nouveau confiance en lui, et se sentait invincible.

Il fit un léger signe de la main pour saluer le couple, attablé à la terrasse du café.

— Salut !

Il prit un air grave pour aborder les jeunes gens.

— J'ai des choses très importantes à vous apprendre.

*
**

J'ai jeté un coup d'œil furtif à ma montre.

Je n'avais pas osé la regarder jusqu'à présent, parce que j'avais l'impression qu'elle était arrêtée, et puis non. Cette imbécile marquait presque seize heures trente.

J'étais là depuis une bonne heure et demie.

Bon, il était allé les chercher en Amazonie les flics Mo', ou quoi ?

J'ai passé mon temps à taper mon histoire sur la disquette, pour avoir une déposition toute prête pour la police, et cela m'a plutôt déglingué le moral.

Je me suis rendu compte que ces types devaient être salement organisés pour avoir pu emmagasiner plein de renseignements sur Edmée. Et peut être sur d'autres gens, après tout, le petit vieux n'était pas forcément le seul… enfin, d'après ce qu'en pensaitMaurice.

Mais Bon Dieu !

Qu'est-ce-qu'il fichait, Mo' ?

Et si…

Pourvu qu'il ne lui soit rien arrivé… qu'il n'ait rien reçu sur le crâne… une tuile, un pot de fleur, un coup de matraque…

Et si on l'avait mis en taule, histoire de montrer qu'ils ont de l'humour au commissariat.

J'essayais de ne pas penser à pire.

A Mo' écrasé par un chauffard chauve ou…

Et si j'appelais les flics, moi.

Hein, Falkor ?

Si au lieu de me morfondre bêtement, je téléphonais et je disais que… Eh bien, qu'il y a eu un cambriolage ici par exemple ?

Finalement, à part me faire traiter de sale garnement et de petit plaisantin, je ne risquais pas grand-chose, et au moins je serais protégé.

Bon, le numéro de la police…

Bravo ! Pas de Bottin. Quelqu'un avait dû le ranger dans un coin pas possible.

Très intelligent.

Je n'allais tout de même pas essayer un numéro au hasard et espérer trouver le bon sur des milliards de combinaisons possibles ?

Non, bien sûr, mais je pouvais toujours téléphoner aux renseignements.

Du coup, je me suis senti soulagé d'avoir trouvé un moyen de joindre les flics, et je suis remonté dans l'estime de mon for intérieur.

Et, confortablement installé dans le bureau de Maurice et Serge, j'ai composé le douze.

*
**

Edmée se tourna vers François.

— Tu crois qu'il a raison ?

Le jeune homme haussa les épaules d'un air fataliste.

— Oh, je crois qu'il exagère un peu, mais... c'est vrai que Rémi a beaucoup d'imagination et le jeu...

— Mais quand même, ces ampoules... ça me turlupine.

— Il t'a expliqué, non ? Je crois qu'on s'est laissés entraîner par mon cher petit frère... Faut qu'il atterrisse, voilà tout.

— Oui mais... enfin, cet accident, un conducteur chauve... tu avoueras que ce sont de drôles de coïncidences !

— Tu vois, tu le dis toi-même, des coïncidences !

Bien sûr, le tort qu'il a eu, c'est de laisser

délirer Rémi, et ne pas l'arrêter tout de suite, mais il ne pouvait pas prévoir…

— Pff ! Je te trouve bien matérialiste pour un philosophe !

— Allons, ne me regarde pas comme ça… J'essaie de ne pas pédaler dans la choucroute. En vérité, moi aussi ça m'embêterais que Rémi, enfin… ce qu'il a dit…

Edmée posa tendrement sa main sur celle de François.

Au fond, elle sentait qu'il était troublé.

— Et si on allait voir Rémi, et en parler avec lui ?

— Je crois que tu as raison… Euh, je pense que lui aussi va se rendre à l'évidence, ce serait le mieux.

— Je n'en suis pas très sûre.

— Hum ! J'ai l'impression que je ne pourrai pas compter sur ton aide pour le convaincre ?

— Tu n'as pas tout à fait tort.

François déposa un baiser mutin dans les cheveux d'Edmée.

— Tu es aussi fofolle que mon frangin. En route.

***

Dur.

La ligne téléphonique sonnait désespérément occupée.

C'était bien le moment que ce sale appareil tombe en panne.

Ça m'apprendra à avoir des idées géniales.

Et complètement inutilisables.

J'ai essayé de lutter contre la panique qui m'étreignait la gorge.

Un téléphone en dérangement, ça arrive tout le temps, à n'importe qui. C'était juste un hasard si celui du Club ne fonctionnait pas.

Bon, du calme Rémi, pas la peine de gamberger.

Il y a un mois, c'était celui de la maison qui était en panne et cela ne m'avait pas spécialement affolé.

Mais il y a un mois, une bande d'assassins n'en voulait pas à ma peau.

Je me suis rassis au clavier de Falkor.

Après tout, Mo' avait raison, j'étais en sécurité ici.

Même s'ils retrouvaient trace de mon nom grâce à Radio-Marmotte.

Et après tout, ce n'était pas certain du tout que les copains de François déclinent stupidement mon nom et mon adresse à n'importe qui.

Il n'était pas du tout évident qu'ils remontent jusqu'au Club.

Et puis, c'était Edmée qu'ils visaient, moi...

Peut-être que ce matin, ils voulaient faire d'une pierre deux coups ?

S'ils savaient que j'avais volé la disquette et...

Oh Falkor, si tu pouvais m'aider !

Si au moins, j'avais cette fichue disquette...

Une chance que Mo' ait pu remettre la main dessus.

JE ME SUIS RASSIS AU CLAVIER DE FALKOR. APRÈS TOUT, MO' AVAIT RAISON, J'ÉTAIS EN SÉCURITÉ ICI.

Parce qu'au fond, il y avait eu des moments où j'avais douté de son existence.

Oh, je ne l'ai dit à personne, bien sûr.

Je crois même que je n'avais pas osé me l'avouer.

Mais pendant cette semaine où François avait pisté Edmée et où il ne s'est rien passé, j'avais l'impression d'avoir rêvé tout cela.

La boutique, le programme, le chauve, tout...

Un peu comme ce photographe dans un film que François adore, où un type prend des photos d'un meurtre puis se les fait voler et il ne sait plus si le crime à eu lieu, ou si c'était un tour joué par son imagination.

Pour moi, c'était pareil, la disquette disparue n'avait plus d'existence tangible et je finissais par croire que j'avais tout inventé.

Heureusement, Mo' me faisait confiance.

Parce que Serge...

Et puis, il y avait Edmée, elle existait, elle.

Et un simple hasard me semblait quand même un peu trop improbable.

Pourtant, j'ai sincèrement essayé d'admettre que je pouvais me tromper.

Je n'ai confié ça qu'à Falkor, dans le secret de nos conversations, j'ai ma fierté...

En tout cas, l'accident de ce matin et les souvenirs d'Edmée prouvaient définitivement que j'avais eu raison de m'obstiner.

Et si j'essayais de reprendre pour la dix millième fois le fil de cette histoire ?

Je ne me suis jamais senti aussi épuisé de ma vie... C'est peut-être la peur qui fait ça.

Et puis, à chaque fois où j'ai relâché mon attention, j'ai eu une espèce de flash devant les yeux. L'image d'un ordinateur monstrueux manipulé par les doigts boudinés d'un Maître d'Hôtel. Comme si mon cauchemar voulait m'envahir à nouveau, sans même attendre la nuit.

Je... Oh Maurice ! Amène-toi vite !

Je craque !

***

Voilà, il y était presque.

Avoir songé à tout ce qu'il pourrait perdre avait conforté l'homme dans sa décision.

Ses derniers scupules s'étaient envolés.

Il lui semblait qu'il avait parfaitement convaincu les deux tourtereaux, et que le seul obstacle qui restait encore était le gamin.

Et à présent, l'homme devait presque s'avouer que finalement, tuer, ne lui répugnait plus autant qu'il l'avait cru.

Puisque sa sécurité était en jeu, il estimait que c'était devenu de la légitime défense.

Et même, cette nouvelle expérience l'intéressait.

Il allait enfin savoir ce qu'éprouvaient Georges et Maxime quand ils exécutaient un contrat.

ABEL ET CAÏN

Après deux heures passées dans ce fichu Club, j'en suis venu à une pénible conclusion.

Je hais, dans l'ordre, mon frère, les radios-libres et les ordinateurs.

Ah, oui ! Je déteste aussi les nanas à complications.

En particulier celles qui conduisent des Honda et qui oublient qu'elles ont été témoins d'un meurtre.

Bon dieu que j'en ai marre !

Je sens que je vais devenir cinglé à attendre ainsi.

Mais qu'est-ce-qu'il fiche Mo' ?

Maurice... j'ai eu une impression bizarre tout à l'heure au téléphone.

Une réminiscence vague et imprécise embouteille mon cerveau.

C'était lorsqu'il a dit... peut-être quelque chose qu'il n'était pas supposé savoir... enfin, je ne sais pas.

Je ne m'en souviens plus.

Cette sensation n'a pas duré assez longtemps.

Pas assez pour imprégner mes petites cellules grises.

Petit à petit, c'est la trouille qui me prend toute la place.

Surtout que j'en ai marre à présent de rassembler mes souvenirs...

Parce que si Mo' n'arrive pas avec les flics avant les autres...

Bon, pas la peine de dramatiser.

Essayer de penser à autre chose qu'aux types qui sont à mes trousses.

Si au début, en venant ici, je n'avais pas trop envie d'y croire, le téléphone en panne a mis un sacré doute dans mon esprit... Cette panne me semble trop opportune pour être innocente et...

Bon Sang ! Mais si c'est vraiment leur faute... c'est qu'ils m'ont repéré et...

Cela veut dire que je ne suis plus du tout en sécurité ici...

Et nulle part ailleurs, en fait, parce que s'ils connaissent le Club, ils doivent connaître mon nom et mon adresse.

Si je retourne à la maison, je risque de mettre en danger les parents ou François.

Fais vite Mo' !

Gagne-les de vitesse.

Si je ne me retenais pas, je me mettrais à hurler.

Je verrais rappliquer des infirmiers de l'hôpital psychiatrique du coin, munis d'une camisole de force destinée à ma personne.

Ce serait peut-être inconfortable, mais au moins, je ne serais plus seul...

***

L'homme se félicita d'avoir mis en panne le téléphone en connectant son ordinateur au terminal des P.T.T. Le gamin aurait pu avoir l'idée de téléphoner à la police, et passer par les renseignements pour pallier le Bottin absent.

Bottin qu'il avait eu la prudence de subtiliser le matin-même.

Pourvu que le gosse n'ait pas eu l'idée de partir.

Mais non, il devait attendre sagement les secours.

L'homme profita d'un feu rouge pour vérifier le contenu du gros sac qui occupait le siège du passager avant.

Il y avait à l'intérieur trois paires de souliers usagés et une barre de fer.

***

Penser.

Le seul moyen de ne pas céder à la panique.

Mais penser à quoi ?

Dès que je laisse mon esprit un peu libre, il me ramène à mes assassins ou à mes images d'ordinateurs-Frankenstein.

Comme si mon cerveau essayait de me dire quelque chose que je ne comprends pas.

C'est ce que Maman me dirait, elle croit beaucoup aux rêves et aux intuitions.

Bon, un ordinateur, ça me fait penser à un informaticien.

Ah, bien sûr, le mystérieux patron des deux affreux !

Le type qui doit établir les programmes.

Un peu de sérieux, Rémi.

Des informaticiens, sur la place de Paris, il doit y en avoir un bon millier.

Au moins.

Des professionnels et des amateurs.

Ceux qui travaillent comme analystes-programmeurs pour des plus ou moins grosses boîtes, et les obscurs, ceux qui sont facteurs ou électriciens et qui inventent de pharamineux programmes pour le plaisir ou dans l'espoir de décrocher le pactole.

Mon homme doit être l'un de tous ces mecs... et puis, c'est peut-être une nana après tout ?

Voyons, cogite un peu Rémi.

Et si...

Si ces cauchemars voulaient m'avertir de... enfin, que je connais ce mystérieux programmeur, sans m'en douter.

C'est un peu tiré par les cheveux, mais ça va me permettre d'attendre Maurice sans trop flipper.

Bon. Ce personnage est doué.

Qui dans mon entourage, à part moi, bien sûr, est doué en informatique ?

Les membres du Club.

Je doute que les copains de mon âge ou à peu près soient des surdoués du banditisme. A écarter.

Les adultes qui traînent ? Boff.

Ils ne sont pas très doués, sauf...

Oh non !

Ça, je ne veux même pas y penser, c'est trop stupide.

Maurice et Serge.

Ce n'est plus drôle, Rémi.

Lève-toi, quitte l'écran de Falkor et vire-toi du Club au lieu de déconner.

Qui ne croyait pas à cette histoire !

Qui a coincé la disquette ?

Qui est allé à la boutique, voir ces types ?

Qui est revenu en accréditant leur version débile de jeux ?

Qui est assez calé pour mettre en panne le téléphone ?

Qui est assez fort pour concocter des programmes tordus ?

Qui est assez mégalo pour avoir envie d'être le chef d'une bande de tueurs ?

Qui savait que j'accompagnerais Edmée ce matin ?

Qui...

Je pourrais me poser encore des dizaines et des dizaines de questions de ce genre, elles auraient toutes la même réponse :

Serge.

*
**

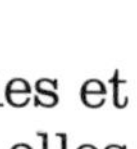

L'homme gara tranquillement la voiture. Personne ne l'avait vu. Ce dimanche printanier à souhait était une véritable bénédiction. Une fois la fraîcheur de la nuit oubliée, les Parisiens avaient presque vidé la capitale.

Ou tout au moins ce paisible coin retiré du treizième arrondissement.

Il enfila soigneusement ses gants. Une fois n'était pas coutume.

L'homme prit le sac et sortit de la voiture.

A présent, il n'y avait plus rien à craindre.

Le piège se refermait sur l'enfant.

Dans quelques minutes, tout serait terminé.

***

Tout s'emmêle un peu dans ma tête.

C'est vrai que Serge était toujours là quand on parlait de cette histoire.

Je dois me tromper.

Bon, Serge ne m'a jamais été très sympathique, mais de là à l'accuser de concocter des programmes meurtriers...

Mais tout se recoupe tellement bien.

Et à aucun moment je ne me suis douté...

Je n'aurais pas dû suivre le conseil de Mo'.

Pas dû me réfugier ici.

Pas dû perdre bêtement mon temps à pianoter sur Falkor.

Pourvu que Mo' n'ait rien dit à Serge !

Du calme.

S'il l'avait fait, Serge n'aurait pas attendu deux heures pour expédier ses copains ici.

Mais le téléphone coupé ?

Pour un peu je m'éloignerais de Falkor vite fait.

Il est peut-être piégé ?

Je m'affole encore stupidement.

S'il l'avait été, j'aurais sauté depuis longtemps... et le Club avec moi.

Avec un peu de chance, Serge me croit mort ?

Le dégarni n'a peut-être pas pu lui faire son rapport et...

Le téléphone, Rémi.

Un hasard.

Un simple hasard.

Pas la peine de te raccrocher à de fallacieux espoirs, Rémi. *A priori*, tu en sais trop.

Tu as été témoin, voire victime, de la tentative de meurtre sur Edmée... et Serge doit bien se douter que tu es capable de découvrir son rôle dans cette histoire.

La preuve que tu en es capable, c'est que tu l'a fait.

Tu es mal barré, mon vieux.

J'aimerais bien que mon for intérieur ne bousille pas le peu d'espoir qui me reste.

Je ne dois penser qu'à une chose, Mo' va venir.

Bon. Faut que je prenne une décision.

Voilà, si dans une demi-heure, Maurice n'est pas ici, je pars.

Et je fonce chez les flics déballer ma petite histoire.

Après tout, même s'ils ne me croient pas vraiment, ils iront faire un tour dans cette boutique, et le témoignage d'Edmée confirmera en partie mes dires.

Ouf !

Je me sens mieux.

Après tout... je devrais peut-être partir maintenant, sans attendre.

Mo' a peut-être eu des ennuis et...

Oui mais des ennuis ?...

Et si Mo' ?

S'il avait parlé à Serge et...

Oh non !

D'abord, Maurice est son frère et il n'oserait pas !

Et puis, Mo' n'aurait jamais aucun soupçon, il respecte et admire son frère.

Pourtant son retard...

*
**

L'homme ouvrit la porte avec précaution.

Comme il l'avait prévu, il n'avait rencontré personne.

Son alibi était parfaitement au point.

Tout allait bien.

L'enfant était là.

La porte s'entrebâilla un peu plus.

*
**

Un bruit.

Mon cœur qui s'arrête.

L'infarctus à douze ans, c'est quand même prématuré.

L'HOMME OUVRIT LA PORTE AVEC PRÉCAUTION.
TOUT ALLAIT BIEN. L'ENFANT ÉTAIT LÀ.

Un chuchotement.

— Rémi, c'est moi, Mo'.

Le plafonnier qui s'allume et qui éclaire un visage ami.

Je suis sauvé.

⁂

LA VÉRITE

Pour un peu, je me jetterais dans les bras de Mo', tellement je suis heureux qu'il soit là.

— Ça va, Rémi ?

— Ouais... mais je commençais sérieusement à m'inquiéter.

— Désolé, j'ai été un peu retardé.

— Pas grave, maintenant que tu es là... Tu as vu Edmée et François ?

— Oui.

— Vous êtes allés chez les flics alors ?

— Hem... oui.

Sa légère hésitation ne m'a pas échappée.

Et puis, il est seul.

Ma respiration s'accélère un peu.

— Oh ! On... on ne vous a pas cru, c'est ça ?

Il baisse la tête.

— Alors, c'est pas encore fini ?

— Pas vraiment.

Une vague de désespoir m'envahit.

— Mais qu'est-ce-qu'on peut faire ? Ils doivent nous croire ! On ne va pas laisser descendre Edmée et moi pour leur faire plaisir ! Pour leur servir de preuve et...

Je pense brusquement à mes hypothèses, enfin à mes certitudes en ce qui concerne la culpabilité de Serge. A son rôle dans cette histoire.

J'étais si content de voir Mo' que j'avais presqu'oublié que je soupçonne son frère d'être le chef de la bande de tueurs.

Je n'oserais jamais lui dire... et puis si je me trompais quand même ?

— J'y vais, moi à la police ! Je leur dirai...

— Tu leur diras quoi ?

Je ne me sens pas la force de lui révéler ce à quoi j'ai pensé.

— Ben...

— Écoute... *A priori*, il n'y a plus trop à s'inquiéter maintenant. Euh... j'ai récupéré la disquette. Je vais essayer de la retravailler. On finira bien par les convaincre ces satanés flics !

J'essaie de lui sourire.

— D'acc... Tu veux Falkor ?

— Pourquoi pas ?

Je m'écarte pour le laisser s'installer.

Il repousse du pied le gros sac qu'il avait apporté avec lui.

— Tu déménages ?

Un drôle de petit sourire que je ne lui connaissais pas.

Un peu cruel.

— Presque.

Bêtement, je me sens mal à l'aise et j'ai envie de partir. Après tout, puisque les policiers ne viendront pas, ce n'est pas la peine de continuer à me cacher ici.

Et Maurice peut étudier le programme chez lui, sur son ordinateur... mais faudrait quand même que j'arrive à lui dire qu'il ne doit pas en parler à Serge.

Et je n'ai pas envie de rester cent sept ans planqué inutilement, parce que si Serge est le cerveau de la bande, comme cachette, c'est plutôt le bide.

Alors autant rentrer chez moi.

Je demanderai à François de m'accompagner à la police.

Mon genou engourdi me déconseille de reprendre mon vélo.

— J'ai envie de retourner à la maison... Tu peux me raccompagner ?

— Bien sûr... un peu plus tard.

Mo' rentre posément la disquette.

Son attitude me chiffonne un peu sans que je puisse déterminer pourquoi.

Je pense que cette stupide attente m'a plus éprouvé que je ne le pensais.

Encore un flash.

Comme dans mon rêve.

Ça commence franchement à m'agacer.

Je me penche légèrement vers l'écran.

— Ben, tu t'es trompé ! C'est pas la bonne.

— Zut ! Tu crois ?

— Mais oui...

Et brusquement je me souviens.

Il y a un peu plus d'une semaine, je m'étais déjà penché ainsi vers l'écran et j'avais entr'aperçu...

Maurice me regarde d'un air intéréssé.

— Oui, Rémi ?

Ses mains sont posées bien à plat sur le clavier et je remarque ses gants.

C'est idiot, mais je n'y avais même pas prêté attention à son entrée.

Pourtant, Mo' met un point d'honneur à préférer les engelures au port des gants.

Et s'il en a mis, ce doit être à cause des empreintes...

Alors, mon cauchemar c'était ça !

Lorsque j'avais laissé Falkor à Mo', le jour où j'ai piqué la disquette, je n'avais pas vraiment fait gaffe, parce que bon... je ne connaissais pas le programme et j'avais tâtonné un bout de temps. Mais dès que Maurice avait commencé à pianoter, le menu était apparu. Une image très brève que j'avais eu à peine le temps d'entr'apercevoir, parce que Mo' l'avait tout de suite annulée.

Mais justement... s'il avait cherché avec le même acharnement que moi à percer le mystère de la disquette, il n'aurait pas délibérément effacé le menu qui aurait pu nous permettre d'accéder au programme.

Sur le moment, j'avais cru que c'était un simple hasard de manipulation.

Maintenant je sais que non.

S'il était tombé si vite sur le menu, c'est qu'il avait dû composer le bon code d'accés.

Parce qu'il le savait.

Et s'il le savait... c'est que je me suis planté.

Celui qui établit les programmes, ce n'est pas Serge.

Rémi, mon pote, t'es mal barré.

— Eh bien, Rémi, que se passe-t-il ?

La voix de Maurice me paraît légèrement menaçante.

Pas lui montrer que je sais.

— Ouais... je veux dire... l'autre disquette... enfin, il y avait une heure d'indiquée...

Et puis non, je déconne.

Ça ne peut pas être Mo', c'est lui qui m'a cru et est allé voir les flics, mais...

— Et alors ?

— Ben, ce matin, c'était bien celle indiquée même si on ne savait pas que ce serait un accident provoqué par une cam...

Oh non !

Tu ne t'es pas gourré, mon vieux Rémi.

Parce que tout à l'heure au téléphone, tu n'as pas dit quel genre d'accident c'était.

Le détail qui me turlupinait au sujet de Mo', c'était la camionnette.

Alors, s'il le savait, c'est que...

Oh non.

Pas Mo', pas lui.

Pas le président de mon Club, mon prof', mon copain...

C'est pas possible !

Dis-moi que je me trompe, Mo'.

Que la fourgonnette était facile à deviner, que tes gants c'est un hasard, que...

Mais il y a ce menu que tu as annulé si vite. Trop vite...

Je dois vraiment avoir une drôle de tête.

— Désolé, Rémi.

Pour le réconfort, c'est rapé.

— Tu vas me tuer ?

Articulé-je d'une toute petite voix.

— Qu'est-ce que tu ferais à ma place ?

Sa voix à lui est terriblement calme.

Et j'ai trop peur.

Trop peur pour hurler, courir, me débattre.

Une peur immense qui me cloue sur place, comme un papillon épinglé sur un tableau.

Une trouille énorme qui m'empêche de lutter.

Pas tout à fait... Je dois gagner du temps.

Quelqu'un devinera peut-être ?

François, mon vieux frangin entends-moi ! Si seulement je pouvais être télépathe !

Gagner du temps pour l'impossible.

Pour vivre quelques minutes de plus.

— La... la disquette, c'est toi qui l'a prise, n'est-ce-pas ?

— Bien deviné, jeune Sherlock Holmes. Juste après que mon bien aimé frère l'ait gentiment décoincée et rangée, bien en évidence à mon intention. Et bien sûr, je n'ai jamais prévenu la police. Je me suis simplement baladé dans les couloirs du commissariat à la recherche de l'inspecteur Chavin... qui n'existe pas. Jamais je n'ai averti les flics. Surtout pas aujourd'hui. Par contre, j'ai passé l'après-midi avec François et Edmée. Et je leur ai avoué la vérité. Enfin, une vérité... la mienne.

— Comment ça ? Laquelle ?

— Eh bien, tu es très intelligent.

— Ah ! Merci !

Ma voix aurait été un sabre, sûr que je l'aurais tué.

— Oui, très intelligent, mais aussi très perturbé par les ordinateurs. D'ailleurs, ce n'était pas très beau de voler une disquette...

— Oh, ça va ! Les parents me l'ont déjà fait remarquer, et c'est pas à toi de me faire un sermon !

— Non, bien sûr... je suis assez mal placé pour cela.

— Oui. Et alors ? Qu'est-ce-que tu leur a encore raconté ?

— Ce programme n'existe pas, Rémi. Tu l'as inventé, ce n'était qu'un jeu, comme mon imbécile de frère a pu le vérifier, et ton imagination galopante a fait le reste. Un jeu de détectives d'ailleurs. Mon frère pourra en témoigner, je le lui ai montré... avant de le ramener à la boutique. Les propriétaires sont des gens charmants d'ailleurs, tout à fait prêts à discuter en détail du contenu de leurs programmes avec toi et François.

— Et Edmée ? Et l'Isuprel ? Et...

— Ah ça... Une coïncidence folle, un nom inventé et qui existe. Et puis, l'Isuprel... ce n'est pas vraiment une preuve. Des ampoules qui se cassent cela peut arriver n'importe quand, et la ressemblance avec le vendeur... Eh bien, cette charmante jeune fille a admis qu'elle s'est laissée entraîner par ton excitation et que finalement cet intérimaire n'était pas aussi précis dans son souvenir qu'elle l'avait cru en t'en parlant...

— Et le coup du bonbon au chocolat et sa copine qui s'endort ?

— Allons allons, un simple petit fait banal que tu as monté en épingle. J'avoue que j'ai vraiment regretté que cette idiote n'aime pas le chocolat praliné, ça nous aurait évité beaucoup d'ennuis...

— Et à elle donc !

— Et à toi... Ensuite, j'ai expliqué que... Mon Dieu, j'avais marché dans ton histoire, pour m'amuser, un peu stupidement d'ailleurs, ai-je reconnu, et puis pour enquiquiner Serge... Mais je n'avais pas prévu que cela irait si loin, et je m'en sentais responsable... J'ai même essayé de te dissuader, mais tu n'as pas voulu démordre de ta théorie... Et tu disais que je te soutenais toujours...

J'ai serré les poings, de rage impuissante.

— Oh mais... Tu m'as fait passer pour un menteur !

— Allons, tu ne vas pas te formaliser pour si peu ! Et puis, comme je me sentais coupable...

— Fallait pas !

— Si, si, je te devais bien cela. Eh bien, j'ai même conseillé à François de suggérer à tes parents de consulter un psychologue à ton sujet. Bien sûr, j'ai ajouté qu'il n'y avait encore rien d'inquiétant, mais que tout de même, cette attirance morbide pour cette histoire de crimes, née de ton imagination...

— Mais c'est pas vrai ! Et François a marché ! Et Edmée ! Mais pour qui m'as-tu fait passer... Et Serge ? A lui aussi tu as dit que j'étais un menteur ?

— Oh lui... Je lui ai dit ma vérité après qu'il soit allé de lui même à la boutique. Mon vieil ami Maxime, celui que tu appelles le patron du dégarni, a bien su le berner. Mon frangin est si confiant au fond... Oui, je lui ai à peu près servi le même topo qu'à François et à Edmée. Il m'a très mal jugé, si cela peut te consoler.

— Tu es un... un vrai salaud !

J'ai fait un pas vers lui, et il m'a pris par le poignet, le tordant violemment.

J'ai poussé un petit cri de douleur.

— Du calme, Rémi... j'aimerais autant que ça se passe bien.

— Oh non... non, je t'en prie...

***

Il avait tout de même un peu hésité en entrant.

Face au gamin, il n'avait plus été aussi sûr de lui, et il avait fait traîner les choses.

Et Rémi lui avait montré qu'il avait compris la vérité.

Ainsi qu'il l'avait deviné, le gamin s'était

rendu compte de son erreur, même s'il avait mis du temps.

Et puis, petit à petit, d'avoir l'enfant en son pouvoir l'avait grisé, et il se délectait de la terreur qu'il lisait dans les yeux du petit garçon.

A présent, Maurice savait qu'il irait jusqu'au bout.

"

Edmée toussota.

— Cela t'ennuie si c'est moi qui lui parle ?

François lui jeta un coup d'œil surpris.

— Oh mais... pas du tout... Tu crois que tu t'y prendras mieux ?

La jeune fille haussa les épaules.

— Je ne sais pas.

— Oh, pourquoi pas ?... Je suppose que cela sera assez dur pour lui d'être confronté à la vérité, enfin... qu'on lui dise qu'on sait qu'il nous a raconté des craques... Ce n'est pourtant pas son genre. Je veux dire, il a une imagination pas possible, mais il... il n'a jamais menti, vraiment quoi. Sauf des trucs de môme, mais pas... pas ce mensonge organisé...

Il fronça les sourcils d'un air soucieux.

— Je... je ne sais plus que penser. Je... c'est un peu inquiétant mais, pas autant que semble le penser Maurice... Je suis certain qu'en discutant, on s'en sortira...

Edmée, comprenant son désarroi lui pressa gentiment la main.

— Je suis sûre que Rémi n'est pas... enfin

que c'est un gosse sain, quoi… Il fera un très bon écrivain de polars.

— Tu as raison ! Je m'inquiète pour rien… c'est un môme très chouette. Tu lui parleras et tout sera réglé… Je parie qu'il est au fond de son lit… C'était pas trop grave au moins son genou ?

Edmée le rassura d'un sourire.

— Non. Une bonne éraflure. Il faut qu'il se repose un jour, c'est tout.

François s'effaça pour laisser entrer Edmée dans l'appartement.

— Hé, petit frère ? J'ai à te parler.

François employait rarement cette expression.

Petit frère était réservé aux moment graves et importants.

N'obtenant aucune réponse, François se dirigea résolument vers la chambre de son cadet.

Il tenait à tirer cette histoire au clair avant le retour de leurs parents.

Sans trop savoir pourquoi, le jeune homme se sentait vaguement inquiet, et il pressa le pas.

Edmée le suivit.

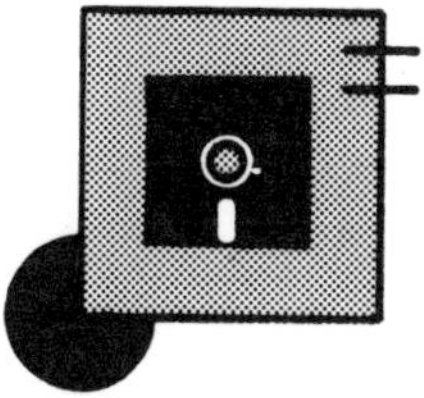

LA FIN

Gagne du temps, Rémi.

Fais-le parler, c'est ta seule chance.

— Et les programmes ?

J'ai demandé ça tellement vite, que je ne suis pas sûr qu'il m'ait entendu.

Si pourtant, parce que son étreinte se desserre.

— C'est une bonne idée, n'est-ce-pas ? J'en suis l'inventeur. Un de mes meilleurs amis, Maxime, est un tueur. Alors, un jour on discutait comme ça de la façon d'éliminer au maximum les risques et aussi les suspicions de meurtre. Pour permettre aux particuliers, enfin, aux gens qui ne sont pas du « milieu » comme on dit, de bénéficier des services d'un tueur sans être inquiétés. C'était juste une discussion entre amis, sans aucune arrière-pensée, mais j'ai eu l'idée des programmes et je la lui ai proposée. Maxime avait justement un contrat, enfin, un type à liquider, et il a voulu essayer tout de suite avec un programme et ça a marché. Après, il n'y a plus eu qu'à continuer. Tu sais, il y a quand même pas mal de gens prêts à payer très cher pour se débarrasser d'autres gens qui les gênent...

— Les héritiers du petit vieux, par exemple ?

— Oui... et puis d'autres... Suffisamment pour nous permettre de vivre très bien...

— Et cette boutique, alors ?

— Oh, en fait une idée de Maxime. Il valait mieux qu'il ait un travail légal et stable, ainsi que Georges.

— Le chauve, je parie.

— Exact... A mon tour de poser des questions. Comment as-tu compris ?

— Ben... à cause du menu. Je veux dire, tu l'avais fait sortir sur l'écran tout de suite et tu l'as annulé... c'était pas logique. Tu aurais dû le laisser... sauf... si tu connaissais le programme et tu ne voulais pas le montrer.

— Oui, c'est bien ce que je pensais... Tu avais vu le menu, et tu avais pigé que je l'avais effacé... je savais bien que ça te reviendrait un jour...

— Oh, juste tout à l'heure ! Au début... je soupçonnais Serge. Il ne voulait pas me croire, était allé à la boutique, avait coincé la disquette...

— Oui... je m'étais débrouillé pour faire un peu porter le chapeau à mon frère si honnête et si moralisateur. Je peux bien te le dire, la disquette, c'est moi qui l'avait coincée, mais je l'avais accusé lui. Bonne âme, il n'a pas voulu se disculper... Je crois bien que je n'aurais pas essayé de te tuer si je n'avais pas commis cette erreur idiote. Je ne pouvais pas courir le risque que tu comprennes... comme tu l'as fait.

— Alors, ce matin... il n'y avait pas qu'Edmée qui était visée ?

— Non.

— Et puis... j'ai aussi pigé à cause de la camionnette... enfin, le menu... je ne voulais pas encore croire que c'était toi... mais la camionnette...

— Quoi, la camionnette ?

— Ben... je ne t'en avais pas parlé, au téléphone. Et tu n'avais pas encore parlé à Edmée.

— Exact... quoique j'aurais pu. Mais effectivement, je tenais à savoir ce que toi tu avais fait... Je ne pouvais pas me permettre de l'appeler sans raison, j'étais censé tout ignorer. J'ai été maladroit. Bon... il se fait tard.

— Je t'en supplie, tu ne peux pas faire ça ! Et puis... Pourquoi tu ne m'as pas dit au début que c'était un jeu, la disquette ? Je... Pourquoi ?

Je n'ai pas reconnu ma voix tellement elle était aigüe.

— Tsst, tsst. Je te connais Rémi. Je ne t'aurais pas convaincu. Tu aurais gardé un doute, et tu serais allé quand même chez les flics. Et cela aurait été excessivement gênant pour nous.

— Mais si tu me tues, on saura que c'est toi !

Il secoue doucement la tête.

— Mais non. Ce sont des cambrioleurs qui se

sont introduits ici et ne pensaient pas te trouver. Tu les a dérangés et... Il a fallu qu'ils se débarrassent de toi. Tu es un témoin très gênant. Tu vois, leurs chaussures sont dans ce sac qui t'a tellement intrigué. Cela fera bien, pour les empreintes. Les policiers pourront s'amuser à relever des traces de sables provenant de la forêt de Fontainebleau. Moi, j'ai un très bon alibi.

— Oh non... Je t'en prie !... Je ne dirai rien, je te le jure !

— Ne te fous pas de moi, Rémi, veux-tu ?

— Je... Et Edmée ? Et François ? Ma mort leur semblera bizarre. Elle tombe vraiment au bon moment, non ? Juste après l'accident de ce matin, ça fait rapproché, tu ne trouves pas ?

— Mais nous avons tout notre temps pour nous occuper d'eux... Ils ne remonteront pas jusqu'à moi, et au pire, mes associés peuvent disparaître un certain temps... sans pour cela négliger le sort de ces tourtereaux... Et puis je crois que ton frère et sa petite amie auront trop de chagrin pour penser à accuser qui que ce soit... au pire... mon cher frère aura quelques explications à fournir...

— Tu... tu es vraiment un salaud !

— Je te remercie du compliment... Désolé, mon petit Rémi, mais pour toi, la séance est finie. Ne t'inquiète pas, je vais te faire connaître la fin du film.

— Non !

Ma vie pour un flingue, un couteau, une grenade !

N'importe quoi pour me défendre.

MES MAINS N'ONT PLUS LA FORCE DE S'ACCROCHER À SON VISAGE, ET LES SIENNES HARPONNENT MON COU, ET SERRENT, SERRENT...

Et je n'ai que mes mains.

C'est si peu.

Trop peu.

Le griffer.

Dans les polars, on découvre souvent l'assassin grâce à des particules de peau sous les ongles de la victime, ou des fils de tissu, ou même des traces de sang.

Lutter !

Je fonce sur lui comme sur un ballon de rugby.

Je vais le renverser, le pousser, l'écarter !

Je vais sortir !

Appeler au secours !

On va venir me sauver !

Je ne suis pas allé bien loin.

J'ai mal.

Son poing sur ma tempe et je m'enfonce dans un brouillard dont je ne sortirai pas.

J'envoie mon genou dans ce que je crois être Mo'. et une autre douleur se réveille, fulgurante, et s'ajoute aux autres.

Je ne résiste plus.

Un coup au menton, un au ventre, et le brouillard s'épaissit encore.

Mes mains n'ont plus la force de s'accrocher à son visage, et les siennes harponnent mon cou, et serrent, serrent...

Le brouillard s'enténèbre et il n'y a même pas d'étoiles.

L'enfant inconscient s'affaissa contre lui, et Maurice le laissa glisser à terre.

Il se dirigea alors vers son sac, l'ouvrit, en

extirpa la barre de fer et revint auprès du petit garçon évanoui.

Après, il se servirait de la barre pour simuler une effraction.

Mais avant cela, il fallait parachever la mise en scène.

La barre s'éleva lentement entre ses mains.

Je suis mort.

Et puis, j'ai mal au cou en plus de mon genou, et aussi à l'épaule.

L'imbécile qui a dit qu'on ne sentait rien après la mort s'est gourré.

Faut dire qu'il ne parlait pas par expérience.

Ça fait très mal.

Quoique.

Il ne pensait peut-être pas à la strangulation.

C'est loin d'être une mort naturelle.

Il faut que j'ouvre les yeux. Ce doit être Saint-Pierre qui fait cliqueter ses clefs parce que j'entends du bruit.

Si c'est ça le Paradis et le Repos Éternel, eh bien, la Pub' mentait parce que c'est plutôt bruyant.

— Petit frère... Rémi, Bon Sang ! Réponds-moi !

Saint-Pierre, il a la voix de François.

Je parviens à desserrer les paupières, grâce à un effort surhumain, et je distingue le visage de François penché sur moi.

Je n'aurais jamais pu lui imaginer une expression aussi angoissée.

Je ne me rendais pas compte qu'il m'aimait autant.

— Fran...

Je ne peux même pas parler, ma gorge a triplé de volume.

— Tout va bien mon Rémi, ne parle pas.

C'est du François tout pur !

Pour un peu, il me supplierait presque à genoux de lui raconter ma vie, et dès que je commence, il m'interrompt !

Le visage de chat d'Edmée apparaît dans mon champ de vision.

Mais qu'est-ce-qu'ils font là ?

Et Mo' ?

S'il s'est caché ?

S'il va les attaquer ? Les tuer ?

— Mo'... c'est lui qui...

— Ne t'inquiète pas, la police s'occupe de lui, et de ses complices.

Je coule un regard circulaire dans le local.

Il y a plus de flics au mètre carré que de puces dans une succursale d'I.B.M.

Oh François ! Je n'arrive même pas à te dire merci...

Près de moi, une barre de fer rougie de sang.

J'ai la tête qui tourne.

François effleure doucement mon épaule.

Je me mords les lèvres pour ne pas crier de douleur.

Il est tout pâle, François.

Il désigne la barre du menton.

— On... on a failli arriver trop tard... Pour

faire vrai, il allait te massacrer avec ce truc-là...

Je déglutis péniblement.

Charmante idée, m'étrangler c'était trop chiqué !

Je me mets à trembler.

Continue François, comment êtes-vous là ?

Moi qui n'avait plus d'espoir.

Ce sont mes yeux qui l'interrogent.

— Quand je l'ai vu te frapper... je crois que j'aurais pu le tuer, petit frère... Heureusement qu'Edmée et les flics étaient là pour m'en empêcher... et Serge aussi... N'importe, je lui ai filé une bonne tannée quand même. Et... pardonne-moi, Rémi... Il m'avait presque convaincu cet après-midi, enfin j'étais un peu désorienté, je pensais que tu te payais une bonne crise d'adolescence, et que tu yoyotais un peu... Mais enfin, en parlant avec Edmée... j'ai un peu réfléchi, et elle voulait te voir et discuter avec toi.

Alors, on est revenus à la maison, et quand on a vu que tu n'étais pas à la maison, j'ai commencé à m'inquiéter. D'abord parce que tu laisses toujours un petit mot, et puis Edmée m'avait appris que tu étais blessé au genou et... Alors je me suis souvenu que tu devais te balader avec Altaïr et Viv', et que Nicole devait aussi venir.

Et j'ai pensé que t'avais envie d'être avec tes copains... et j'étais prêt à attendre ton retour...

Altaïr et Viviane ! Je les avais complètement oubliés, même Nicole.

Il aurait pu attendre longtemps, François !

Il me fait un petit sourire contrit et reprend le fil de son récit.

— Tu leur doit une fière chandelle à tes potes... Ils ont téléphoné à la maison. Un peu furax à cause du lapin que tu leur avais posé, parce qu'ils étaient passés te chercher, et un peu inquiets parce que les rencards loupés, c'est pas ton style.

Alors, j'ai pensé au Club, à Falkor... peut-être parce que tout avait commencé là, et que tu aimes bien te réfugier auprès de ton ordinateur quand tu ne vas pas très bien. J'ai essayé d'appeler, quand j'ai constaté que c'était toujours occupé... En fait, c'était à cause de Maurice, je t'expliquerai... Enfin, j'ai balisé encore plus. Surtout parce que j'ai essayé de joindre Mo' et que ça ne répondait pas chez lui. Et puis, Edmée s'est brusquement souvenue d'un détail. Au cours de la discussion qu'il a eue avec nous, Mo' a pris la défense de l'intérimaire en arguant qu'on ne pouvait accuser un homme de crime sous prétexte qu'il était maladroit, pas très beau, et chauve à moustaches de surcroît. Effectivement ; par la suite c'est revenu à Edmée, mais elle n'avait pas pu te le dire... alors, s'il savait... Et j'ai eu très peur. J'ai immédiatement téléphoné au commissariat, et ils m'ont appris que Maurice n'était jamais allé les voir... Alors, on s'est précipités ici en quatrième vitesse... et... j'avais prévenu Serge pour... enfin, pour qu'il me donne les clefs, et c'est son frère après tout... euh... quand même. En tout cas, on a eu la chance de tomber sur un policier compréhensif. Il a pensé à toi d'abord, et à vérifier l'histoire ensuite... Et Serge aussi s'est radiné tout de suite... on a eu du pot, parce que Mo' s'était enfermé ici avec toi... Il s'en est fallu de peu, mon Rémi...

Il se tait.

Je crois que j'ai un peu décroché au cours de ses explications.

Je me sens tellement fatigué !

Pauvre Maurice.

Il était vraiment trop bavard pour un tueur, et il ne se souvenait même pas de ce qu'il pouvait ou ne devait pas dire.

Un informaticien sans mémoire, c'est le comble !

C'est ce qui l'a perdu, et m'a sauvé.

Quand je pense qu'il aurait vraiment pu me convaincre que le programme n'était qu'un jeu.

Vrai ! Je l'aurais cru s'il me l'avait affirmé.

J'avais tellement confiance en lui !

Et il ne s'en doutait pas.

Ne l'avait pas compris.

Et moi qui étais prêt à accuser Serge...

Tant mieux pour Edmée, finalement, que Mo' se soit excité à me monter un bateau pas possible, et aussi pour les futures victimes des programmes...

— Ils ont fait de l'excès de zèle... C'est fou, parce que Mo' n'avait même pas rencontré le chauve. Il savait qu'il était moustachu à l'époque parce que son ami... euh, Maxime, le lui avait dit et n'avait pas pensé à lui préciser que depuis, il s'était rasé la moustache... C'est tout con, mais... s'ils étaient restés peinards, en te fichant la paix, et à Edmée aussi, leur saleté de commerce aurait pu durer longtemps. Ils ont oublié que le mieux est l'ennemi du bien.

— Mhm ?

J'ai murmuré ça, très faiblement, mais avec conviction, juste pour montrer que je m'intéresse à ce qu'il dit.

En fait, je n'ai qu'une hâte, qu'une envie, être à la maison.

— Oui, c'est Hercule Poirot qui dit toujours ça. Cette sentence s'applique particulièrement à leur bande, tu ne crois pas, petit frère ?

Je hoche doucement la tête en signe d'assentiment.

Décidément, je n'échappe pas à Agatha, surtout Christie.

— Hé, Rémi... Tu... tu ne vas pas t'évanouir ?...

Non, François, pas la peine de prendre ce ton anxieux, rassure-toi, je ne vais pas encore tomber dans les pommes.

J'ai juste envie de me vautrer contre toi, simplement pour sentir ta chaleur, et me sentir vivant contre toi.

Et faire ce que je croyais avoir oublié depuis mes six ans.

Pleurer.